더는 잠들지 못하리라

.

더는 잠들지 못하리라
SLEEP NO MORE

P.D. 제임스 지음 이주혜 옮김

아작

서문

"더는 잠들지 못하리라."

맥베스를 두려움에 떨게 한 그 말이 소설 속 하우스 파티에 공포를 투척한다. 이 말은 다른 작품 속 인물들에게도 적용된다. 책 곳곳에 죄책감에 사로잡힌 범죄 공모자들, 지나간 살인사건의 불안한 목격자들, 악몽에 시달리는 살인자, 살인의 추억에 짓눌려 고통받는 사람이 살고 있다.

1920년대와 30년대 '황금기'를 구가했던 살인 추리소설을 가져다가 감정을 심화하고 도덕적, 심리적 복잡성을 가미해 제2의 황금기를 불러온 점은 범죄소설 작가로서

P. D. 제임스의 뛰어난 성취다. 작가는 단편소설에도 이 장르를 중독성 있게 대중화시킨 특징들을 (반은 헌정의 뜻으로, 반은 풍자적으로) 고스란히 담아냈다.

가장 긴 단편인 〈산타클로스 살인사건〉의 화자는 '코지 미스터리 살인사건을 좋아하는 사람들을 위해 오랜 전통의 숙련공처럼 일하는' 이류 탐정소설 작가이다. 그는 열여섯 살에 개인적으로 경험한 살인사건을 회상하면서 1939년 크리스마스이브로 거슬러 올라간다. 무례한 가부장이 소유한 코츠월드의 한 영주 저택에 어딘가 서로 어울리지 않는 사람들이 모여든다. 가난에 허덕이는 점잖은 부부, 꼭 끼는 이브닝드레스를 입은 정부, 지나칠 만큼 효율적인 비서, 곧 영국공군에 입대할 예정인 유명한 비행기 조종사가 그들이다. 민스파이와 펀치가 한 차례 돌자마자 위협의 분위기가 치명적으로 고조된다.

이 단편은 P. D. 제임스의 또 다른 단편집 《겨우살이 살인사건》의 표제작과 마찬가지로 전쟁 시기 크리스마스 분위기를 놀랄 만큼 고스란히 재현한다. 등화관제용 커튼이 제대로 쳐지지 않았다고 공습감시원이 경고 전화를 건다. 라디오에서는 펠럼 그렌빌 우드하우스의 〈블랜딩스에 잇따른 범죄〉(글래디스 영과 찰턴 홉스가 연기했다)가 흘러나온다.

다음 날 국왕은 대국민 크리스마스 메시지에서 한 해의 문 앞에 서서 미지의 세계로 자신을 안내할 빛을 구하는 한 남자의 이야기를 인용한다.

소설의 끝부분에서 알 수 없는 미래가 불러온 공습 폭격과 다른 살상이 언급되면서 독자는 알 듯 말 듯 감질나는 살인 수수께끼를 다른 관점으로 바라보게 된다. 이렇듯 여러 이야기 속에 등장하는 반전 결말은 독자의 추리에 독창적인 혼란을 가할 뿐 아니라 독자의 연민을 자아내기도 한다. 어떤 결말은 통렬하면서 동시에 불길한 분위기를 자아낸다.

대체로 냉소적이고 긴장된 어조가 주를 이룬다. 탐욕과 속물근성이 마땅한 벌을 받는 재미있는 이야기 〈밀크로프트 씨의 생일〉은 전형적이고 활기찬 명장면으로 시작한다. "밀드레드 밀크로프트는 재규어 자동차의 조수석에 앉아 〈타임스〉를 탁탁 쳐서 사회면을 읽기에 좋은 상태로 만들었다."

단편마다 시체뿐만 아니라 날카로운 통찰력도 흩뿌려져 있다. 또 사형집행인의 올가미와 푸른색 독약 병, 리놀륨 나이프, 리볼버, 부지깽이, 수면제, 그리고 1930년대에 유행했던 장난감 요요도 등장한다. 각 물건의 쓰임새를 읽다

보면 독자 역시 작가가 각 작품 속에서 알뜰하고 신나게 누렸을 즐거움을 함께 느낄 수 있을 것이다.

— 피터 켐프

차례

요요

THE YO-YO

크리스마스이브 전날, 오래 잊고 지냈던 과거의 유물을 우연히 마주칠 때처럼 그 요요를 발견했다. 내 노년 생활을 어지럽힌, 아직 살펴보지 않은 문서들을 정리하는 중이었다. 마침 일흔세 번째 생일을 맞아 발작과도 같은 죽음의 경고에 사로잡혔던 모양이다. 몇 년 전 대부분의 물건을 정리해두었지만, 언제나 어디엔가는 뒤죽박죽인 물건들이 있기 마련이다.

내 경우에는 거의 사용하지 않는 여분의 침실 옷장 맨 위 선반에 넣어둔 여섯 개의 낡은 종이 상자가 그랬다. 평소에는 눈에 보이지 않고 마음에 들어오지도 않았다. 그런데 지금 그것들이 특별한 이유랄 것도 없이 집요하고 성가시게 마음을 어지럽혔다. 내용물을 분류하고 문서들은 철을 해두거나 파기해야만 했다. 아들 헨리와 며느리 마거릿은 꼼꼼한 아버지로 이름 높은 내가 죽고 나서도 저희에게 이토록 사소한 불편도 끼치지 않았음을 깨닫게 될 것이다. 내가 할 일은 오직 그뿐이었다.

나는 짐을 다 꾸려놓고 크리스마스를 가족끼리 지내러 마거릿이 데리러 오길 기다리는 중이었다. 나는 템플 아파트에서 홀로 크리스마스를 보내는 편이 더 좋았다. 데리러 오다니. 일흔세 살이 되면 물건처럼 느끼기가 쉽다. 딱히 소중하지는 않지만 부서지기 쉬워서 조심스럽게 가지러 오고, 세심하게 보살폈다가 세심하게 제자리에 돌려놓아야 하는 물건처럼. 늘 그렇듯이 너무 일찍 준비가 끝났다. 자동차가 도착하기까지 2시간이나 남았다. 그 종이 상자들을 정리할 시간이었다.

옆으로 불룩 튀어나오고 개중 하나는 뚜껑이 뒤틀려 아귀가 맞지 않는 상자들은 가느다란 끈으로 묶여 있었다. 끈을 풀고 첫 번째 상자를 열자 절반쯤 잊고 지낸 오래된 종이의 그리운 냄새가 풍겨왔다. 나는 그 상자를 침대 위로 옮겨놓고 자리를 잡고 앉아 사립 초등학교 시절 문서 묶음과 옛 학교 과제물을 훑어보기 시작했다.

잉크로 쓴 평가의 말이 노랗게 바래가는 것들도 있고 어제 쓴 것처럼 선명한 것들도 있었다. 또 부모님이 보낸 편지들도 우표를 수집하는 학교 친구들에게 주느라 우표를 떼어낸 찢어질 듯 약한 편지 봉투 안에 아직도 들어 있었고, 다음에 부모님이 휴가를 오면 보여주려고 보관한 것으로 보이는 점수를 잘 받은 에세이와 교과서도 한두 권 있었다. 이것들 가운데 하나를 집어 들었다가 요요를 발견했다.

광택이 나는 선명한 붉은색 요요는 손에 쏙 들어오게 탐스러웠던 기억 속의 모습 그대로였다. 손가락을 걸게 고리를 지어놓은 끝부분을 제외하고 줄 전체가 깔끔하게 감겨 있었다. 내 손이 매끄러운 나무 둘레를 쥐었다. 요요가 내 손에 꼭 맞게 들어왔다. 요즘 들어 대체로 차가운 내 손에도 요요는 차갑게 느껴졌다. 그리고 그 감촉과 함께 기억이 물밀 듯 밀려왔다. 진부하지만 정확한 표현이다. 기억은 밀물처럼 밀려와 나를 잡아채고 60년 전인 1936년 12월 23일, 살인의 그 날로 데려갔다.

*

　서리의 사립 초등학교에 다니던 나는 평소처럼 도싯 서쪽의 작은 영주 저택에 혼자 사는 할머니와 크리스마스를 보낼 예정이었다. 기차를 두 번이나 갈아타야 하는 여행은 지루했고, 지역에 기차역이 없어서 할머니는 보통 당신 자동차와 운전기사를 보내 나를 데리러갔다. 그러나 그해는 달랐다. 교장 선생님이 교장실로 나를 불러 설명했다.

　"오늘 아침 할머님의 전화를 받았다, 찰코트 군. 할머님 운전기사가 몸이 좋지 않아서 널 데리러 올 수가 없다는구나. 내가 카터를 시켜 내 개인 자동차로 널 도싯까지 데려다주게 했다. 점심시간 후까지는 카터에게 시킬 일이 있어서 평소보다 조금 늦게 도착하게 될 거다. 할머님께서 친절하게도 카터를 하룻밤 묵어가게 해주신다는구나. 그리고 마이클마스 선생님이 함께 갈 것이다. 할머님께서 영주 저택에서 크리스마스를 함께 보내자고 선생님을 초대하셨다는데, 너도 물론 할머님 편지를 받아서 알고 있겠지."

　할머니는 그 사실을 미리 알려주지 않았지만, 나는 아무 말도 하지 않았다. 할머니는 아이들을 좋아하지 않았고, 다른 애정보다는 그저 가족 간의 정으로 나를 참아주었다. 어

쟀거나, 나는 할머니의 외아들과 마찬가지로 필요한 후계
자였으니까.

할머니는 크리스마스마다 내가 당연히 행복하고 손해
보는 일이 없도록 의무적으로 최선을 다했다. 크리스마스
가 되면 어머니가 편지로 제안하고 할머니가 운전기사를
시켜 사 온, 내 성별과 연령대에 알맞은 장난감이 넘쳐났
다. 하지만 할머니의 집에는 웃음도, 같이 어울릴 어린 사
람도, 크리스마스 장식도, 감정적인 온기도 없었다. 할머니
도 크리스마스를 심심하고, 불안하고, 불만스러운 어린아
이와 함께하느니 차라리 혼자 지내는 편을 더 좋아하지 않
았을까? 할머니를 원망하지는 않는다. 나 역시 할머니 나
이가 되어보니 정확히 같은 기분이니까.

하지만 교장실 문을 닫고 나왔을 때 내 마음은 분노와
짜증으로 무거웠다. 할머니는 나와 학교에 관해 아는 게 전
혀 없었던 모양이었다. '무시무시 마이클마스'의 날카로운
눈빛과 냉소적인 혀가 없어도 크리스마스가 충분히 지루하
다는 것을 할머니는 조금도 알지 못했다. 현학적이고, 지나
치게 엄격하고, 고함을 지르며 모욕을 주는 것보다 남학생
들이 더 견디기 어려워하는 신랄한 비아냥의 습관이 있는
마이클마스 선생님은 금세 학교에서 가장 인기 없는 교사가

되었다.

지금은 그가 뛰어난 교사였음을 안다. 내가 사립학교에서 장학금을 받을 수 있었던 것도 대체로 '무시무시 마이클마스' 덕분이었다. 어쩌면 할머니도 이런 정황을 알고, 또 마이클마스 선생님이 아버지의 발리올 칼리지 동창이라는 사실 때문에 그를 초대하기로 했을 것이다. 심지어 아버지가 먼저 초대를 제안하는 편지를 보냈을지도 모른다. 마이클마스 선생님이 초대를 받아들였다는 사실은 그렇게 놀랍지 않았다. 영주 저택의 안락함과 훌륭한 음식은 스파르타식 생활과 학교 식당의 획일적인 요리로부터 잠시 벗어날 반가운 변화가 되어줄 것이다.

가는 길은 예상대로 지루했다. 나이 지긋한 헤이스팅스가 운전할 때는 나를 자기 옆의 조수석에 앉히고 아버지의 어린 시절 이야기를 들려주며 내내 즐겁게 해주었다. 그러나 이번에는 말 없는 마이클마스 선생님과 나란히 뒷좌석에 앉아서 가야 했다. 우리 두 사람과 운전기사 사이에 유리 칸막이가 있어서, 보이는 거라곤 교장 선생님이 카터를 운전기사로 부릴 때 반드시 입어야 한다고 주장한 엄격한 제복 모자 뒤쪽과 장갑을 끼고 운전대를 잡은 손이 전부였다.

사실 카터는 운전기사가 아니었지만, 교장 선생님이 자

기 신분에 걸맞게 정식 운전기사가 필요할 때 카터에게 이 역할을 추가로 맡겼다. 다른 때에 카터는 학교 관리인으로 일했고 이런저런 허드렛일을 했다. 순한 얼굴에 허약하고 소녀처럼 어려 보이는 카터의 아내는 세 군데의 기숙사 건물 중 한 곳의 사감으로 일했다. 카터 부부의 아들 티미는 이 학교의 학생이었다.

내가 이 이상한 배치의 연유를 완전히 이해하게 된 것은 한참 후의 일이다. 언젠가 학부모 한 사람이 카터를 '무척 우월한 유형의 남자'라고 말하는 것을 주워들은 적이 있다. 개인적으로 어떤 불운이 닥쳐 학교에서 이런 일을 하게 되었는지는 알 수 없었다. 교장은 부부에게 숙박을 제공하고 아들의 무료 교육을 제안한 대신 두 사람을 싼값에 부렸다. 아마 쥐꼬리만 한 월급을 주기는 했을 것이다. 만에 하나 카터가 이런 사실에 분개했을지라도 우리 학생들은 전혀 몰랐다. 우리는 학교 곳곳에서 얼굴이 하얗고 머리가 검고 키가 큰 카터의 모습을 보는 데 익숙했다. 그는 바쁘지 않을 때면 늘 빨간색 요요를 가지고 놀았다. 카터는 1930년 대 유행했던 그 장난감을 가지고 우리 학생들은 아무리 연습해도 절대 성취하지 못했던 능수능란하고 화려한 솜씨를 선보였다.

티미는 키가 작고 예민하고 불안한 아이였다. 언제나 교실 맨 뒷자리에 앉았고, 보이지 않는 사람처럼 무시당했다. 유난히 심술궂은 한 학생이 이렇게 말한 적도 있다.

"우리가 왜 꼴도 보기 싫은 티미 녀석이랑 함께 수업을 들어야 하는지 모르겠어. 우리 아버지가 그러라고 수업료를 내지는 않았을 텐데 말이지."

그러나 다른 학생들은 그러거나 말거나 신경 쓰지 않았고, '무시무시 마이클마스'의 수업 시간에는 그 날카롭고 냉소적인 혓바닥 공격을 티미가 다 받아낸 덕분에, 우리에게 명백히 도움이 되는 존재였다. 내 생각에 마이클마스 선생님의 잔인함은 속물근성과는 관계가 없었다. 심지어 본인은 자신의 행동이 잔인하다고 여기지도 않았다. 그는 단순히 이해력도 모자라고 영리하지도 않은 아이에게 자신의 교육 능력을 낭비하는 일을 참을 수 없었을 뿐이었다.

그러나 할머니 댁으로 가는 길에는 이런 생각들이 전혀 떠오르지 않았다. 그저 마이클마스 선생님과 충분히 떨어진 자동차 구석 자리에 앉아 나만의 울분과 절망의 몽상에 잠겨 있었다. 내 동반자는 침묵만큼이나 어둠도 좋아해서, 우리는 가는 내내 등을 켜지 않았다. 그러나 나는 문고본 책과 가느다란 손전등을 가져왔으니 혹시 책을 읽어도 되느냐고 선생님에게 물었다.

"어떻게든 읽어라, 학생."

마이클마스 선생님은 그렇게 대답하고는, 묵직한 트위드 코트 옷깃 속으로 고개를 숙였다.

나는 《보물섬》을 꺼내 흔들리는 작은 빛 웅덩이에 집중하려고 애썼다. 몇 시간이 흘렀다. 우리는 작은 시내와 시골 마을을 지나갔고, 지루하던 참에 밝은 불을 밝힌 거리와 현란하게 크리스마스 장식을 한 상점 진열창과 늦게 쇼핑을 나온 분주한 사람들의 물결을 보고 안도했다. 어느 마을을 지나가는데 브라스 밴드와 함께 캐럴을 부르는 소규모의 사람들이 모금함을 흔들고 있었다. 그 환한 빛을 뒤로하고 가는데, 짤랑짤랑 소리가 우리 뒤를 따라오는 것만 같았다.

영원한 어둠을 통과하는 기분이 들었다. 내게는 익숙한 길이었지만, 보통 헤이스팅스는 12월 23일 오전에 나를 데리러 왔기 때문에 대부분 낮에 지나갔었다. 이렇게 어둑한 차 안에서 말 없는 사람 옆에 앉아 창밖의 어둠을 담요처럼 덮고 가려니 여행길이 끝없이 지루하게만 느껴졌다.

이윽고 자동차가 오르막길을 가는 느낌이 들더니 멀리서 일정한 박자로 철썩거리는 바닷소리가 들려왔다. 해안도로에 들어선 게 분명했다. 거의 다 왔다. 나는 손전등으로 손목시계를 비춰 보았다. 5시 30분이었다. 1시간도 안 되어 저택에 도착할 것이다.

그때 카터가 자동차 속도를 늦추더니 차가 풀밭 가장자리에 부드럽게 부딪히는 게 느껴졌다. 이윽고 자동차가 멈추었다. 카터가 유리 칸막이를 열고 말했다.

"죄송합니다, 선생님. 제가 좀 내려야겠습니다. 자연의 부름이 와서요."

'자연의 부름'이라는 완곡어법을 듣고 나는 킥킥 웃고 싶었다. 마이클마스 선생님이 잠시 망설이더니 말했다.

"그런 경우라면 우리 모두 내리는 게 좋겠군."

카터가 자동차를 돌아 뒷좌석 쪽으로 와서 격식을 차린 동작으로 차 문을 열어주었다. 우리는 울퉁불퉁한 풀밭으로 올라와 컴컴한 어둠과 눈보라 속으로 들어섰다. 바닷소리는 더 이상 희미한 배경음이 아니라 귀청을 때리는 요란한 소리로 바뀌었다. 처음에는 뺨에 닿는 눈송이와 가까이에 있는 두 사람의 검은 형체, 톡 쏘는 짜디짠 바다 냄새만이 느껴졌다. 잠시 후 내 눈이 어둠에 적응하자 왼쪽에 거대한 바위 형상이 보였다.

마이클마스 선생님이 말했다.

"저 바위 뒤로 가라, 학생. 꾸물거리지 말고. 멋대로 돌아다니지도 말고."

나는 바위 가까이 다가갔지만, 바위 뒤로 가지는 않았다. 두 사람의 형체가 내 시야에서 멀어졌는데, 마이클마스 선생님은 똑바로 앞을 향해 걸어갔고 카터는 오른쪽으로 갔다. 1분 후 바위 벽면에서 몸을 돌렸을 때는 자동차도 동행 두 사람도 보이지 않았다. 둘 중 하나라도 나타날 때까지 기다리는 게 현명할 것 같았다. 나는 주머니에 손을 넣었다가 별생각 없이 손전등을 꺼내 벼랑 가장자리 쪽을 비추었다. 빛줄기는 가느다랬지만, 밝았다. 그리고 그 순간, 동시에, 나는 살인 행위를 목격했다.

마이클마스 선생님은 약 30미터 떨어진 곳에 미동도 없이 서 있었다. 상대적으로 밝은 하늘을 배경으로 검은 형체의 윤곽이 보였다. 카터는 얇게 깔린 눈을 밟으며 선생님 뒤쪽에서 소리 없이 움직였을 것이다. 검은 형체들이 손전등 빛줄기에 포착된 그 짧은 순간, 카터가 두 팔을 앞으로 뻗은 채 격렬하게 앞으로 뛰어드는 게 보였다. 치명적으로 떠미는 그 힘이 내 등허리에도 느껴지는 것만 같았다. 마이클마스 선생님은 소리 하나 내지 못하고 시야에서 사라졌다. 그림자 같은 두 형체가 순식간에 하나로 줄었다.

카터는 내가 보았다는 사실을 알았다. 어떻게 모를 수가 있겠는가? 빛줄기가 행동을 멈추기엔 너무 늦어버렸고, 그가 돌아섰을 때 빛이 그 얼굴을 가득 비추었다. 벼랑 위쪽에 우리 두 사람뿐이었다. 이상하게도 나는 조금도 두렵지 않았다. 내가 느낀 감정은 놀라움이었던 것 같다. 우리는 마치 자동인형처럼 서로에게 다가갔다. 나는 내 목소리에 담긴 단순한 경이로움을 들으며 말했다.

"아저씨가 선생님을 밀었어요. 아저씨가 선생님을 죽였어요."

"그 애를 위해 한 일이야. 하느님 맙소사, 티미를 위해 그랬어. 그 사람 아니면 내 아들 중 하나를 선택해야 했어."

나는 잠시 아무 말 없이 서서 카터를 살폈다. 뺨 위에 닿는 눈이 부드러운 액체가 되어 흐르는 게 느껴졌다. 손전등을 아래로 향한 채 두 쌍의 발자국을 보았다. 발자국은 벌써 눈이 쌓여 희미한 얼룩이 되어 있었다. 발자국은 곧 흰 담요 아래 묻힐 것이다.

잠시 후 나는 아무 말 없이 돌아섰고, 우리는 거의 나란히, 마치 아무 일도 없었다는 듯이, 세 번째 사람도 곁에서 걷고 있다는 듯이 자동차로 돌아갔다. 내겐 기억이 있었지만 어쩌면 내가 잘못 봤을지도 모르고, 어느 순간에는 카터가 휘청거리는 것 같아 내가 그의 팔을 붙잡아주기까지 했다.

자동차에 도착했을 때 카터가 어떠한 희망도 없는 단조로운 목소리로 말했다.

"이제 어떻게 할 생각이냐?"

"아무것도요. 할 일이 뭐가 있어요? 선생님은 미끄러지는 바람에 벼랑 너머로 떨어졌어요. 우리는 그 자리에 없었고요. 우리는, 둘 중 누구도 보지 못했어요. 아저씨는 그때 나랑 같이 있었어요. 우리 둘 다 그 바위 옆에 있었어요. 아저씨는 내 곁을 떠난 적이 없어요."

카터는 잠시 아무 말도 하지 않았는데, 마침내 입을 열었을 때 나는 한껏 귀를 세워야 했다.

"아아, 전부 계획한 일이란다. 내가 계획한 일이야. 하지만 운명이었다. 어차피 치러야 할 일이라면 하는 수 없지."

당시에는 그 말이 별 의미가 없었는데, 나중에 내가 더 나이가 들었을 때 비로소 카터의 말을 이해했다고 생각한다. 자신의 죄를 사하는 한 가지 방법이었고, 어쩌면 필요한 방법이었을 것이다. 선생님을 민 것은 순간적으로 솟구친 압도적인 충동이 아니었다. 그는 자신의 행동을 계획했고, 장소와 시간도 선택했다. 그는 자신의 의도를 정확히 알았다. 그러나 그의 통제 밖에 있는 변수가 너무 많았다. 카터는 마이클마스 선생님이 자동차에서 내릴지, 혹은 그의 편의대로 벼랑 가장자리 가까운 곳에 서게 될지 확신할 수 없었다. 또 어둠이 그만큼 압도적일지, 내가 충분히 멀리 떨어진 곳에 서 있을지도 확신할 수 없었다. 그리고 카터에게 불리하게 작용한 요인이 한 가지 더 있었다. 그는 내가 손전등을 가지고 있을지 전혀 알지 못했다. 만약 그의 의도가 실패했더라도 그는 다시 시도했을까? 누가 알겠는가? 내가 그에게 절대 묻지 못한 수많은 질문 가운데 하나였다.

카터는 나를 위해 자동차 뒷문을 열어주고는 정중하게 격식을 차린 운전기사처럼 갑자기 몸을 똑바로 펴고 섰다. 나는 차에 타고 나서 카터를 향해 말했다.

"가장 가까운 경찰서에 들러서 무슨 일이 있었는지 알려야 해요. 어떻게 말할지는 내게 맡겨요. 그리고 먼저 자동차를 세우자고 말한 사람은 아저씨가 아니라 마이클마스 선생님이었다고 말하는 게 좋겠어요."

돌이켜보면 당시 나의 유치한 오만이 약간 역겹게 느껴진다. 내 말에는 명령의 힘이 깃들어 있었다. 카터가 그 점에 분노했을지라도 그때는 어떤 표시도 내지 않았다. 그는 모든 진술을 내게 맡기고 그저 조용히 내 이야기를 긍정하기만 했다. 15분도 안 되어 우리는 도싯의 작은 마을의 경찰서에 도착했고, 나는 거기서 처음으로 진술했다.

기억은 언제나 아귀가 맞지 않고 일시적이다. 마음속 어떤 충동이 버튼을 누르면 마치 고화질 컬러필름처럼, 길쭉하게 이어진 검은 공간 사이에 생생하게 빛나는, 움직이지 않는 장면이 불쑥 나타난다. 당시 경찰서를 떠올리면 키가 큰 가로등 불빛 아래 눈송이가 유리에 부딪혀 죽는 나방처럼 어둠 속에서 회오리치던 것, 가구 광택제와 커피 냄새가 나는 작은 사무실에 거대한 석탄 난로가 이글거렸던 것, 냉정하게 세부사항을 받아적던 거구의 경사, 수색을 시작하러 힘차게 출발하는 경찰관들의 묵직한 방수용 망토 등이 기억난다. 나는 정확히 어떻게 말할지 미리 정해두었다.

"마이클마스 선생님이 카터 아저씨한테 자동차를 세우라고 했고 다 같이 밖으로 나갔어요. 선생님이 자연의 부름이 왔다고 말했어요. 카터 아저씨와 저는 왼쪽에 있는 커다란 바위 옆으로 갔고 마이클마스 선생님은 곧장 앞으로 걸어갔어요. 너무 어두워서 그 후로 선생님 모습이 보이지 않았어요.

우리 둘이 선생님을 기다렸어요. 제 생각에 한 5분 정도요. 그런데 선생님이 돌아오지 않았어요. 그래서 제가 손전등을 꺼냈고 아저씨랑 같이 찾아다녔어요. 벼랑 가장자리에 선생님 발자국이 보였는데, 희미해져 있었어요. 그래도 계속 선생님을 불렀지만, 선생님이 나타나지 않아서 무슨 일이 생겼는지 짐작할 수 있었어요."

"무슨 소리는 못 들었니?"

경사가 물었다. 나는 이렇게 대답하고 싶은 유혹이 들었다.

"날카로운 비명을 들었다고 생각했는데, 새 소리일 수도 있겠다 싶었어요."

하지만 나는 유혹을 참아냈다. 그 어둠 속에 갈매기가 날고 있었을까? 이야기는 되도록 단순해야 하고 처음 이야기를 고수하는 게 좋다. 나는 그 간단한 법칙을 무시한 수많은 사람에게 형을 선고하며 살아왔다.

경사가 수색을 시작하겠지만, 그날 밤 마이클마스 선생님의 흔적을 찾을 가능성은 거의 없다고 말했다. 동이 틀 때까지 기다려야 했다. 경사가 덧붙였다.

"만약 그분이 내가 생각하는 곳으로 넘어갔다면 몇 주 동안 시신을 찾지 못할 수도 있어."

경사가 할머니 댁 주소와 학교 주소를 받아적고 우리를 보내주었다.

✳

　우리가 저택에 도착했을 때가 또렷이 기억나지 않는데, 아마도 다음 날 아침에 일어난 일이 그 기억을 묻어버렸기 때문일 것이다. 내가 할머니와 식당에서 아침을 먹는 동안 카터는 당연히 하인들과 함께 아침을 먹었다. 토스트와 마멀레이드를 먹고 있는데 심부름 하녀가 들어와 경찰서장인 네빌 대령이 왔다고 알렸다. 할머니는 서장을 서재로 안내하라고 이르고 곧바로 식당을 떠났다. 그리고 15분도 안 되어 내가 호출을 받았다.

　지금 내 기억은 모든 말 한 마디 한 마디가 어제 일처럼 떠오를 만큼 날카롭고 선명하다. 할머니는 난로 앞 등받이가 높은 가죽 의자에 앉아 있었다. 불을 피운 지 얼마 안 되어 방 안에 냉기가 흘렀다. 장작이 탁탁 소리를 내며 타올랐고 석탄에는 아직 불이 붙지 않았다. 방 한가운데 할머니가 업무용으로 쓰는 커다란 책걸상이 있었는데, 거기 서장이 앉아 있었다. 그 앞에 카터가 사령관 앞에 호출당한 사병처럼 꼿꼿한 자세로 서 있었다. 서장 바로 앞 책상 위에 그 빨간색 요요가 있었다.

　내가 들어가자 카터가 재빨리 고개를 돌려 나를 힐끗 보았다. 우리 시선이 마주친 건 3초도 안 되는 시간이었고 곧바로 카터가 고개를 돌렸지만, 나는 그의 눈빛에 공포와 애원이 마구 뒤섞인 것을 보았다. 어떻게 안 볼 수가 있겠는가? 나는 그 후로도 피고석에 서서 나의 선고를 기다리는 죄수들에게서 수없이 그런 눈빛을 보았고, 그때마다 평온한 마음으로 그 눈빛을 똑바로 마주할 수가 없었다.

하지만 당시에 카터는 걱정할 필요가 없었다. 나는 이미 처음 마음을 먹었을 때 느낀 권력과 통제력을 행사할 때의 취한 듯한 만족감을 실컷 맛본 뒤라서 이제 와서 혹은 앞으로도 영원히 카터를 배신할 생각은 할 수가 없었다. 게다가 내가 어떻게 그를 배신할 수가 있겠는가? 이제 나도 그의 범죄 공모자가 되었는데.

서장은 엄격한 표정을 짓고 있었다. 그가 말했다.

"내 질문을 아주 신중하게 듣고 진실을 정확히 말해주길 바란다."

"찰코트 가문은 거짓말을 하지 않습니다."

할머니가 말했다.

"압니다. 알아요."

서장은 그렇게 말하면서도 계속 나를 보았다.

"이 요요를 알아보겠니?"

30

"예, 제가 아는 것과 같은 것이라면 그런 것 같아요."

할머니가 끼어들어 물었다. "마이클마스 선생님이 떨어진 그 벼랑 가장자리에서 찾았다는구나. 카터는 자기 물건이 아니라고 하는데, 그럼 네 것이냐?"

물론 할머니는 발언해서는 안 되었다. 나는 당시 서장이 왜 할머니가 면담 자리에 있도록 허락했는지 의아했다. 나중에야 서장으로선 선택의 여지가 없었음을 깨달았다. 아동 중심의 사고가 보편적이지 않았던 그 시절에도 청소년은 보호자 어른이 동석하지 않은 자리에서는 신문을 받을 수 없었다. 할머니의 개입에 서장이 아주 잠깐 얼굴을 불만스럽게 찌푸렸는데, 너무 찰나라 못 알아채고 지나칠 뻔했다. 그러나 나는 놓치지 않았다. 나는 아주 미묘한 차이도, 몸짓도 뭐든지 생생히 알아챘다.

"카터 아저씨 말은 사실이에요. 이것은 아저씨 물건이 아니에요. 제 거예요. 출발하기 전에 아저씨가 제게 주었어요. 마이클마스 선생님이 오길 기다리는 동안에요."

"너한테 줬다고? 왜 그랬단 말이냐?"

할머니 목소리가 날카로웠다. 나는 할머니 쪽을 돌아보았다.

"아저씨 말이 제가 티미에게 잘해주기 때문이라고 했어요.

티미는 카터 아저씨 아들이에요. 학생들이 그 애를 좀 괴롭
히거든요."

서장의 목소리가 변했다.

"마이클마스 선생님이 추락사했을 때 이 요요를 네가 가
지고 있었니?"

나는 서장의 눈을 똑바로 보았다.

"아니요. 차를 타고 오는 동안 마이클마스 선생님이 압
수해 갔어요. 제가 요요를 만지작거리는 걸 보고 어디서 났
느냐고 물었어요. 사실대로 말했더니 가져가셨어요. 선생
님이 '다른 학생들은 어떤 선택을 하는지 몰라도 찰코트 가
문 사람은 학생이 하인에게 선물을 받으면 안 된다는 것쯤
은 알아야지.'라고 하셨어요."

나는 무의식적으로 마이클마스 선생님의 건조하고 냉소
적인 말투를 따라 했고, 말들이 굉장히 그럴듯하게 흘러나
왔다. 하지만 그러지 않았어도 사람들은 그냥 내 말을 믿었
을지도 모른다. 안 믿을 이유가 뭐가 있겠는가? 찰코트 가
문 사람은 거짓말을 하지 않는다는데.

서장이 물었다.

"그러면 마이클마스 선생님은 요요를 압수하고 나서 어
떻게 했지?"

"선생님 코트 주머니에 넣었어요."

서장이 의자에 등을 기대고 할머니 쪽을 건너보았다.

"음, 확실하군요. 어떻게 된 일인지가 명백합니다. 선생이 옷을 추스르다가…."

서장은 뭔가 민감한 부분이라고 느꼈는지 말을 멈추었지만, 할머니는 훨씬 더 단단한 금속으로 만들어진 사람이었다. 할머니가 말했다.

"완벽할 정도로 명백하네요. 선생은 위험할 만큼 벼랑 가장자리에 가까이 다가가는 줄도 모르고 카터와 저 아이로부터 멀어졌어요. 바지 앞 단추를 풀려고 장갑을 벗어 주머니에 쑤셔 넣었고요. 다시 장갑을 꺼낼 때 요요가 떨어졌습니다. 아마 눈밭이라서 소리가 들리지 않았겠지요. 그리고 어둠 속에서 방향감각을 잃고 가면 안 되는 방향으로 한 걸음 내디뎠다가 미끄러져 추락했습니다."

서장이 카터에게 말했다.

"차를 세우기에는 어리석은 장소였지만, 자네라고 그 사실을 알았을 리가 없지."

카터는 얼굴처럼 새하얗게 질린 입술 사이로 겨우 말했다.

"마이클마스 선생님이 차를 세우라고 지시하셨습니다."

"그래, 그랬겠지. 나도 그렇게 생각하네. 자네가 반박할 자리는 아니었겠지. 자넨 진술을 마쳤네. 이제 여기 더 머무를 이유가 없어. 학교로 돌아가 업무에 복귀하게. 검시 심문이 열리면 거기 와야겠지만, 당분간은 열리지 않을 것 같네. 아직 시신을 못 찾았거든. 그리고 기운 좀 차리게나, 이 사람아. 자네 잘못이 아니었잖나. 자네가 이 소년에게 요요를 줬다고 곧바로 말하지 못한 건 소년을 보호하려고 그랬을 거야. 그러지 않아도 됐네. 전부 사실대로 말했어야지. 사실을 감추면 언제나 곤란에 빠지게 되는 법이야. 앞으로도 이 사실을 잘 기억해두게나."

"예, 서장님. 감사합니다, 서장님."

그리고 카터는 조용히 몸을 돌려 방을 나갔다.

카터의 등 뒤로 문이 닫히자 서장이 의자에서 일어나 난로 쪽으로 움직이더니 난로를 등지고 서서 몸을 가만히 흔들며 할머니를 내려다보았다. 두 사람은 내가 있다는 사실을 잊은 것 같았다. 나는 문가로 걸어가 말없이 그 옆에 섰지만, 밖으로 나가지는 않았다. 서장이 말했다.

"카터가 있는 자리에서는 말하고 싶지 않았습니다만, 부인께서는 혹시 선생이 일부러 뛰어내렸을 가능성도 있다고 생각하지 않으십니까?"

할머니의 목소리는 차분했다.

"자살 말인가요? 저도 그런 생각을 했습니다. 선생이 아이에게는 바위 옆으로 가라고 해놓고 자기는 혼자 어둠 속으로 걸어갔다는 사실이 이상했어요."

"학생에게 소변보는 모습을 보이고 싶지 않았겠죠."

"저도 그렇게 생각합니다."

할머니가 잠시 말을 멈추었다가 다시 말했다.

"하지만 서장님도 알다시피 마이클마스 선생은 아내와 아이를 잃었어요. 결혼 한 지 얼마 되지 않았을 때에요. 자동차 사고로 죽었죠. 당시 그가 운전 중이었고요. 그분은 결코 그 일을 극복하지 못했습니다. 그런 일을 겪었으니 어떤 일도 중요하지 않았을 겁니다. 오직 가르치는 일을 제외하고요. 제 아들이 그러는데 그분이 옥스퍼드 동기 가운데에서도 가장 재능이 뛰어난 학생이었다고 하더군요. 다들 그 앞에 찬란한 학문의 길이 펼쳐질 거라고 기대했대요. 그런데 어떻게 되었죠? 초등학교에 처박혀서 어린 학생들에게 재능을 허비하고 있었죠. 어쩌면 그런 일을 일종의 속죄로 여겼을지도 모르겠어요."

서장이 물었다.

"친척은 없습니까?"

"제가 알기엔 없습니다."

"물론, 검시 심문 때는 자살 가능성을 제기하지 않을 생각입니다. 망자의 명예에 해가 될 수도 있으니까요. 게다가 증거도 하나 없고요. 사고사가 훨씬 더 그럴듯해요. 학교 입장에서는 큰 손실이겠군요. 학생들에게 인기가 많은 선생이었나요?"

할머니가 말했다.

"그런 것 같지는 않아요. 인기가 많았을 가능성이 아주 적은 편이라고 말해야겠군요. 그 나이 애들은 전부 야만인이잖습니까?"

나는 들키지 않고 살짝 문밖으로 빠져나왔다.

✳

나는 그해 크리스마스를 즈음해 비로소 성장을 시작했다. 생애 처음으로 권력의 음흉한 유혹을, 사람과 사건을 통제하면서 느끼는 환희를, 시혜의 힘을 깨달았다. 그리고 또 다른 교훈도 얻었는데, 그것은 헨리 제임스가 가장 잘 표현했다.

'인간의 마음에 관해서는 절대로 마지막 진심을 안다고

말하지 마라.'

마이클마스 선생님이 한때는 헌신적인 아버지이자 사랑 가득한 남편이었다는 사실을 누가 믿겠는가? 나는 그런 깨달음을 통해 더 나은 법조인이자 더 온정적인 판사가 되었다고 믿고 싶지만, 확신할 수는 없다. 본질적인 자아는 열세 살 생일 전에 제법 굳어진다. 경험의 영향을 받을 수는 있지만 거의 변하지 않는다.

카터와 나는 그 후로 살인에 관한 이야기를 나눈 적이 없다. 7주 후 함께 검시 심문에 참석했을 때도 이야기를 나누지 않았다. 학교로 돌아온 후에는 서로를 거의 보지 못했다. 어쨌든 나는 학생이었고 그는 하인이었다. 나는 내가 속한 계급의 속물근성을 공유했다. 카터와 내가 공유한 것은 우정도 삶도 아니고 비밀이었다. 가끔 카터가 럭비 운동장 옆을 오가는 모습을 지켜보곤 했는데, 그는 뭔가를 놓친 사람처럼 빈손을 움찔거렸다.

그 일은 대가를 치렀을까? 도덕주의자라면 우리 두 사람이 죄책감에 사로잡혔고 새로 온 선생님은 마이클마스 선생님보다 더 나쁜 사람이었길 기대할 것이다. 그러나 그렇지 않았다. 나는 영향력이 없지 않았던 교장 선생님 부인이 이렇게 말했을 거라고 상상할 수 있다.

"물론 그분은 훌륭한 교사였지만 아이들에게 인기가 없었어요. 그러니 여보, 좀 더 다정한 선생님을 찾아봐요. 휴일마다 우리가 식사를 챙겨주지 않아도 되는 남자 선생님으로요."

그렇게 웨인라이트 선생님이 왔다. 웨인라이트 선생님은 이제 막 교사 자격을 얻은 긴장한 교사였다. 그는 우리를 괴롭히지 않았다. 우리가 그를 괴롭혔다. 남자 사립 초등학교란 바깥세상의 축소판이다. 그러나 그는 티미를 떠안아 그 아이를 특별대우했다. 아마도 티미가 그를 괴롭히지 않은 유일한 학생이기 때문이었을 것이다. 그리고 티미는 선생님의 애정과 인내 아래서 활짝 피어났다.

살인은 다른 방식으로 대가를 치렀다. 아니, 그랬다고 주장할 수도 있을 것이다. 3년 후 전쟁이 터졌고 카터는 곧바로 참전했다. 그는 전쟁 중 훈장을 가장 많이 받은 중사였고 불타는 탱크 속에서 세 명의 동지를 구출해낸 일로 빅토리아 십자 훈장을 받았다. 그는 엘 알라메인 전투에서 전사했고, 학교 참전용사기념비에 이름을 남겼다. 위대한 죽음의 민주주의에 딱 맞는 일이었다.

요요는 어떻게 되었냐고? 나는 아들이나 손주들의 흥미를 끌지도 모른다는 생각으로 학교 과제물과 오래된 작문,

부모님이 보낸 편지 사이에 요요를 다시 넣어두었다. 이 요요를 발견하면, 어린 시절의 어떤 행복한 추억 때문에 노인이 차마 이 물건을 버리지 못했을지, 아주 잠깐 궁금해할까?

피해자
THE VICTIM

다들 일사 맨첼리 공주를 알 것이다. 누구나 한 번쯤은 극장 스크린에서나 텔레비전에서, 가장 최근 남편과 공항에 도착한 모습이 담긴 신문 기사 사진에서, 느긋하게 요트를 타는 모습으로, 첫 공연 밤이나 축하 행사 밤이나 부자들과 성공한 자들이 반드시 얼굴을 내밀어야 하는 자리에서 보석으로 치장한 그 여자를 본 적이 있을 것이라는 말이다.

세계 곳곳을 누비는 소위 제트족을 향해 나처럼 그저 지루한 경멸을 품은 사람일지라도 현대 사회에 살면서 일사 맨첼리를 모를 수가 없다. 그리고 그녀의 과거에 관해 어떤 쪼가리라도 주워들은 적이 반드시 있을 것이다. 심장을 멎게

할 만큼의 미모로도 재능 부족을 메울 수는 없었기에 딱히 성공적이지 못했던 짧은 영화계 경력이나 잇따른 결혼 같은 이야기들 말이다.

첫 결혼 상대는 그 여자를 얻으려고 20년의 결혼생활을 끝장낸 그녀의 첫 번째 영화제작자였고, 다음은 텍사스의 백만장자였으며, 마지막은 왕자였다. 두 달 전쯤 나는 그녀가 로마의 어느 작은 사립병원에서 생후 이틀 된 아들과 함께 찍은 속이 메스꺼울 만큼 감상적인 사진을 보았다. 부와 귀족 작위와 모성으로 신성화된 이 결혼생활이야말로 그녀가 최후의 모험으로 의도한 바로 보였다.

내가 보기에 아무도 영화제작자 전의 남편에 대해 언급하지 않는다. 아마 그녀의 홍보대행사가 가족 안에서 벌어진 폭력적인 죽음 때문에, 특히 아직도 해결되지 않은 죽음 때문에 그녀의 밝은 이미지가 훼손될까 두려워한 탓일 것이다.

피와 아름다움. 경력 초기에 홍보 담당자들은 싸구려 대리 전율을 거부하지 못했다. 그러나 지금은 아니다. 요즘 영화제작자와 결혼하기 전 그녀의 초기 역사에 관해서는 가난하지만 점잖은 부모님이나 어린 시절의 고생이 적당히 보상을 받았다는 정도의 암시만 흐릿하게 남았다. 그 흐릿한 시간 중에서 가장 흐릿한 부분이 바로 나다. 여러분이 일사 맨첼리에 관해 무엇을 알고 있든, 혹은 안다고 생각하든, 내 이야기를 들어본 적은 없을 것이다. 홍보 담당자들은 내겐 이름도 얼굴도 없고, 기억에 남지도 않았다고, 내가 더는 존재하지 않는다고 못 박았다. 역설적이지만 그들의 말이 옳다. 현실적인 의미로 나는 존재하지 않는다.

＊

나는 그녀가 17세 엘시 보우먼이던 시절, 그녀와 결혼했다. 당시 나는 지역 도서관 분관에서 보조 사서로 일했고, 그녀보다 열다섯 살 많은 서른두 살 총각에, 학자가 되려다만 사람이었으며, 야윈 얼굴에 몸은 약간 구부정했고 숱이 적은 머리카락이 벌써 가늘어지고 있었다. 그녀는 번화가의 화장품 가게 계산대에서 일했다. 그때도 그녀는 아름다웠지만, 오늘날 모습처럼 다듬어진 성숙함이 거의 없이 가냘프고 자신 없고 아직은 순진한 사랑스러움을 지녔다.

우리 이야기는 무척 평범했다. 내가 도서관 대출대를 맡은 날 저녁 그녀가 책 한 권을 반납했다. 우리는 잠시 대화를 나누었다. 그녀는 어머니가 읽을 만한 소설들을 추천해

달라고 했다.

나는 되도록 오래 시간을 끌며 서가에서 그녀에게 적당한 로맨스 소설을 찾았다. 내가 좋아하는 책들로 그녀의 관심을 끌려고 노력했다. 그녀에 대해, 그녀의 삶에 대해, 그녀의 야망에 대해 질문했다. 사실 그녀는 내가 말을 걸 수 있었던 유일한 여자였다. 나는 그녀에게 완전히 반했고 흠뻑 빠져버렸다.

나는 점심을 일찍 먹고 몰래 가게에 찾아가 바로 옆의 기둥 그늘에 숨어 그녀를 훔쳐보았다. 지금 떠올려도 심장이 멎을 것만 같은 장면이 하나 있다. 그녀는 손목에 향수를 문지르고 계산대 너머로 맨팔을 쭉 뻗어 지나가는 고객이 향수 냄새를 맡을 수 있게 했다. 그녀는 그 일에 완전히 몰두했고 젊은 얼굴은 진지하게 심취했다. 조용히 그녀를 지켜보며, 내 눈에 눈물이 고이는 걸 느꼈다.

그녀가 나와 결혼하기로 한 것은 기적이었다. 그녀의 어머니는(아버지는 없었다) 이 결합을 열렬히 환영하지는 않았지만, 체념하듯 받아들였다. 그녀의 어머니는 나를 그다지 좋은 결혼 상대로 여기지 않는다는 뜻을 분명하게 밝혔다. 그러나 나는 전망이 좋은 직업이 있었고, 교육을 받은 사람이었으며, 성실하고 믿을 만했고, 그녀가 비웃으면서도 내 지위를 높이 평가하게 하는 중등학교 억양으로 말했다. 게다가 엘시는 어떤 결혼을 하든 안 하는 것보다는 나았다. 나는 나를 제외한 그 누구와도 엘시를 연관 지어 생각하는 게 싫었지만, 그녀와 어머니 사이가 좋지 않다는 것을 희미하게 감지했다.

엘시의 어머니는 본인의 표현을 빌리자면 판을 크게 벌였다. 합창단을 불렀고 종소리가 울렸다. 교회 홀을 빌리고 여든 명의 하객에게 어울리지 않게 화려하지만 형편없는 솜씨로 요리한 정찬을 대접했다. 긴장감과 소화불량의 고통 사이에서 나는 짧은 흰색 재킷을 입은 웨이터들이 능글맞게 웃는 것을, 상점에서 온 신부 들러리 둘이 킥킥대는 것을, 분홍색 호박단 소매 아래로 불룩 튀어나온 그들의 주근깨투성이 팔뚝을, 카네이션과 고사리로 만든 꽃장식을 달고 붉은 얼굴로 투박한 농담을 던지며 내 어깨를 아프게 때리는 활달한 남자 친척들을 의식했다. 축하 연설이 이어졌고, 따뜻해진 샴페인을 마셨다. 그리고 이 모든 것의 한가운데에 엘시가, 흰 장미 같은 나의 엘시가 있었다.

그녀를 영영 붙잡아둘 수 있다고 생각했다니, 나는 참으로 어리석었다. 아침에 일어나 침실 거울에 비친 서로의 모습을 향해 미소를 짓는 그 얼굴들을 보기만 해도 이 생활이 오래가지 못할 거라는 경고를 마땅히 깨달았어야 했다. 그러나 망상에 빠진 가엾은 바보는 죽음이 아니고서야 그녀를 잃을 수 있다는 사실을 꿈에도 생각하지 못했다. 그녀의 죽음은 감히 생각조차 못 했고 나는 처음으로 나의 죽음을 두려워했다. 행복이 나를 겁쟁이로 만들었다.

우리는 엘시가 고른 새 단층집으로 이사했고, 엘시가 고른 새 의자에 앉았으며, 엘시가 고른 주름 장식 침대에서 잤다. 너무 행복해서 내 존재가 다른 차원으로 넘어가 다른 공기를 마시는 것 같았고 가장 평범한 것들도 새로 태어난 것처럼 보였다. 사람은 사랑에 푹 빠진다고 반드시 겸손해지진 않는다. 나처럼 사랑의 가치를 알아보고, 상대방도 똑같이 그 사랑으로 살아가고 변모할 거라고 믿는 게 그렇게 얼토당토않은 생각인가?

그녀는 아기를 가질 준비가 안 되었다고 말했고, 직업이 없으면 쉽게 지루해했다. 그녀는 지역 실업전문학교에서 짧게 속기와 타자를 배우고 콜링퍼드&메이저 회사에 속기 타자수로 취직했다. 적어도 시작은 그랬다. 속기 타자수였다가, 로드니 콜링퍼드 씨의 비서가 되었고, 이후 개인 비서가 되었다가 나중에는 은밀한 개인 비서가 되었다.

오직 아내밖에 모르는 멍한 행복에 빠져 나는 그녀가 콜링퍼드의 비서가 자리를 비웠을 때 비서 대신 콜링퍼드의 말을 받아적는 일에서 시작해, 콜링퍼드에게 받은 보석을 자랑하고, 콜링퍼드와 한 침대를 쓰는 단계로 발전하는 것을 절반만 알아봤다.

콜링퍼드는 내게 없는 모든 것을 갖춘 사람이었다. 부자에다(그의 아버지는 전쟁 직후 플라스틱을 팔아 큰 재산을 일구었고 외아들에게 공장을 물려주었다) 가무잡잡하고 거친 미남이었으며 근육질에 자신만만하고 여자들이 보기에 매력적이었다. 그는 원하는 것이라면 뭐든 가질 수 있다고 자신했다. 엘시는 그가 가장 쉽게 손에 넣은 것 중 하나였을 것이다.

그가 왜 엘시와 결혼을 원했는지, 나는 지금도 궁금하다. 당시에는 그가 한심하고 특권도 없고 매력적이지도 않은 남편에게서 외모로 보나 재능으로 보나 가질 자격이 없는 상을 빼앗고 싶어 견딜 수가 없었으리라고 생각했다. 부자들과 성공한 자들이 그렇다는 것을 이미 알고 있었다. 그들은 자격 없는 사람들의 번영을 참지 못한다.

내게서 그녀를 빼앗아 가는 일에서 그가 절반의 만족감을 느꼈을 것이라 여겼다. 그게 내가 그를 꼭 죽이겠다고 생각한 부분적인 이유였다. 그러나 지금은 확실히 모르겠다.

어쩌면 나는 그에게 부당한 짓을 저질렀을지도 모른다. 그보다 더 단순했을 수도, 더 복잡했을 수도 있겠다. 여러분도 알다시피 그녀는 무척 아름다운 사람이고, 그때도 정말 아름다웠다.

＊

지금은 그녀를 더 잘 이해한다. 그녀는 자신이 원하는 것을 얻을 수만 있다면 다정하고 재미있고 심지어 관대하기도 했다. 우리가 결혼했을 때 그리고 어쩌면 그 후 18개월까지도 그녀는 나를 원했다. 그녀의 이기심도 호기심도 그토록 아침 가득하고 압도적인 사랑을 거부하지는 못했다.

그러나 그녀에게 결혼생활은 영원한 일이 아니었다. 그녀가 꿈꿔왔고 가지고자 했던 삶을 향해 가는 데 필요한 첫 번째 단계였다. 그녀는 침대 안에서나 밖에서나 내가 그녀가 원하는 것인 동안에는 내게 다정했다. 그러나 다른 사람을 원하게 되자 그녀를 향한 나의 욕구, 질투, 괴로움을 전부 그녀의 기본권을(그녀가 원하는 것을 가질 권리를) 부인하는 잔인하고 고집스러운 행태로 보았다.

결국, 내가 그녀를 곁에 둔 시간은 거의 3년이었다. 내가 마땅히 기대할 수 있는 시간보다 2년 더 길었다. 그녀는 그렇게 생각했다. 그녀의 사랑, 로드니 콜링퍼드도 그렇게 생각했다. 이혼 사실을 알게 된 도서관 동료들의 눈빛을 보고 그들 역시 그렇게 생각한다는 것을 알 수 있었다. 게다가 그녀는 내가 왜 그렇게 괴로워하는지 이해하지 못했다.

로드니 콜링퍼드는 죄를 짓는 역할을 기꺼이 행복하게 맡았다. 그녀가 신랄하게 지적했듯이 두 사람은 내가 신사처럼 행동하길 기대하지도 않았다. 나는 이혼 비용을 치를 필요가 없었다. 로드니 콜링퍼드가 알아서 해줄 테니까. 그녀 역시 내게 이혼 수당을 달라고 요구하지 않을 것이다. 콜링퍼드에겐 훨씬 더 많은 돈이 있으니까.

어느 시점에 그녀는 소란을 피우지 말고 자신을 놓아달라고 콜링퍼드의 돈으로 나를 매수하려고도 했다. 하지만 이 모든 일이 그토록 간단한 일이었을까? 그녀는 나를 사랑했었고, 아니더라도 적어도 한동안은 나를 필요로 했다. 혹시 그녀는 내게서 다섯 살에 잃어버린 아버지를 보았던 건 아닐까?

값비싼 법률 전문가들이 나를 어서 빨리 제거해야 할, 당황스럽지만 쓰고 버려도 되는 골칫거리로 취급했던 이혼 과정 동안 나는 콜링퍼드를 죽이고 말 것이라는 생각만으로 겨우 정신을 붙잡고 있을 수 있었다. 나는 그와 같은 세계에서 같은 공기를 마시며 살 수 없었다. 내 마음은 그를 죽일 것이라는 생각을 게걸스럽게 먹어치웠고, 그 맛을 음미했으며, 체계적이고도 무시무시할 만큼 흡족하게 계획을 세워나갔다.

성공적인 살인은 피해자에 대해, 그의 성격과 일상과 약점과 개인의 핵심을 구성하며 절대로 바뀌지 않는 습관들에 대해 얼마나 아느냐에 달렸다. 나는 로드니 콜링퍼드에 관해 꽤 많이 알았다. 엘시가 그 회사에 다녔던 처음 몇 주 동안 무심코 누설한 타자수 부서의 소문을 통해 이런저런 사실을 알았다.

또 그녀가 그에게 빠지기 시작했던 때 내게 발설한 더욱 완전하고 다소 은밀한 사실도 알게 되었다. 새로운 사장에게 집착적으로 빠져들던 그녀의 마음은 신중함으로도 다정함으로도 가려지지 않았다. 그때 나는 경고의 종소리를 알아들었어야 했다. 나는 누구보다도 사랑에 빠져 정신을 못 차리는 사람에 대해 어떤 말을 해주어야 하는지 잘 알았다.

내가 그 남자에 관해 어떤 사실들을 알았느냐고? 당연히 일반적인 사실들을 알았다. 그가 부자이고, 나이는 서른이며, 골프 실력이 출중하다는 점, 출퇴근하는 직원들이 돌보는 템스강변의 값비싸고 허세 가득한 가짜 조지 왕조 시대 저택에 산다는 점, 유람용 대형 보트를 소유했다는 점, 키가 183센티미터가 조금 넘는다는 점, 사업수완이 뛰어나지만 인색하기로 악명이 높다는 점, 습관을 꼼꼼하게 지킨다는 점.

또 그에 관해서라면 서로 연관성 없는 잡다한 사실들도 알았는데, 어떤 정보는 유용하고 어떤 정보는 중요하며 어떤 정보는 별 쓸모가 없었다. 다소 놀라운 사실은 손재주가 뛰어나 금속과 목재 등으로 뭔가 만드는 일을 좋아한다는 점이었다. 그는 저택 부지 안에 고가의 장비를 갖춘 큼직한 작업장을 지어놓고 목요일 저녁마다 거기서 혼자 작업했다.

그는 일상에 중독된 남자였다. 아무리 세속적이고 사소할지라도 이러한 창조성이 매력적이라고 생각했지만, 나는 그런 생각을 깊이 하지 않으려고 애썼다. 그의 성격이든 습관이든 오직 그의 죽음과 관련이 있을 때만 나의 관심을 끌었다. 나는 그를 한 인간으로 생각해본 적이 없다. 그는 나의 증오와 따로 떨어져 존재하지 않았다. 그는 나의 피해자, 로드니 콜링퍼드였다.

가장 먼저 무기를 정했다. 가장 확실한 수단은 총이겠지만 구할 방법을 알지 못했고, 어찌 구하더라도 장전법이나 사용법을 모를 거라는 사실을 숙지했다. 게다가 당시 나는 살인에 관한 책을 수없이 읽었는데, 아무리 교활한 방법으로 손에 넣어도 총은 추적당하기 쉽다는 것을 깨달았다.

게다가 다른 문제도 있었다. 총은 직접적인 느낌이 없고 피해자와의 거리가 너무 멀리 떨어져 있다. 나는 죽음의 순간 신체적인 접촉을 원했다. 그가 나를 알아보고 동시에 자신의 죽음을 알아챘을 때 믿을 수 없어하며 두려움에 떠는 최후의 표정을 가까이서 지켜보고 싶었다. 나는 그의 목에 직접 칼을 찔러넣고 싶었다.

이혼 이틀 후 무기를 샀다. 콜링퍼드를 죽이는 일을 서두르지는 않았다. 안전하게 행동하려면 시간을 두고 인내해야 한다는 사실을 알았다. 언젠가, 어쩌면 우리가 나이가 들었을 때, 엘시에게 털어놓을지도 모르겠다. 그러나 범죄를 들킬 생각은 없었다. 완벽한 살인이 될 것이다. 그만큼 시간이 필요하다는 뜻이었다. 그는 1년 정도 더 살 수 있을 것이다. 그러나 칼을 일찍 사둔다면 열두 달 후에 추적하기가 더 어려워질 것이다.

무기를 동네에서 사지는 않았다. 어느 토요일 아침 기차와 버스를 갈아타고 동북쪽 교외로 나가 번화가의 붐비는 철물점 겸 일반용품 상점을 발견했다. 다양한 칼들이 진열

되어 있었다. 내가 고른 칼은 강철로 만든 15센티미터 칼날에 평범한 나무 손잡이가 달린 것이었다. 아마 리놀륨 바닥재를 자르는 용도로 만들어졌을 것이다. 날카로운 칼날을 두꺼운 판지 칼집으로 싸놓았다. 손에 쥐어보니 맞춤한 느낌이 만족스러웠다. 나는 계산대 앞에 짧은 줄을 섰고 직원은 내게서 지폐를 받고 거스름돈을 내주는 동안에도 내 쪽을 한 번도 올려다보지 않았다.

그러나 내가 세운 계획 가운데 가장 만족스러운 부분은 바로 2단계였다. 나는 콜링퍼드가 되도록 고통스러워하길 원했다. 자신이 곧 죽을 것을 알기를 원했다. 내가 그의 목에 칼을 찔러넣기 직전이나, 그가 어떤 것도 알기를 멈추기 직전 최후의 순간에 자신의 죽음을 깨닫는 것으로는 충분하지 않았다. 아무리 끔찍한들 단 2초의 고통은 그가 내게 가한 짓에 대한 대가로 적절하지 않았다. 그는 마치 사형선고를 받은 사람처럼 자신이 죽을 것을 점점 확실히 알아가야 했고 아침마다 오늘이 혹시 마지막 날은 아닐지 헤아려봐야 했다.

만약 이런 사실 때문에 그가 경계심을 품고 경호를 강화하기라도 하면 어떡하냐고? 이 나라에서 무장은 불가능하다. 또 언제나 고용한 경호원을 동반하고 사업을 수행할 수도 없다. 매 순간 자신을 지켜보라고 경찰을 매수할 수도 없다. 게다가 그는 겁쟁이 취급을 당하길 바라지 않을 것이다. 아마 죽음의 협박이 사실이 아니거나 술친구들과 비웃고 넘어갈 별일 아닌 것처럼 굴면서 겉으로는 평소대로 행동할 것이다. 그는 위험을 비웃는 부류였다. 그러나 끝내 자신만만하지는 못할 것이다. 결국에는 담력도 자신감도 깨져버릴 것이다. 엘시가 보기에 콜링퍼드는 처음 결혼했을 당시의 모습이 아닐 것이다.

전화를 걸어 협박하고 싶었지만, 별로 실용적인 방법이 아니었다. 전화는 얼마든지 추적이 가능했고 그가 내 전화를 거부할 수도 있었다. 목소리를 위조할 자신도 없었다. 그래서 죽음의 선고는 우편으로 보내야 했다. 편지도 봉투 주소도 직접 쓸 수는 없었다. 살인에 관해 연구하면서 필적 위조가 얼마나 어려운 일인지 알게 되었고, 신문에서 글자를 오려 조합해 붙이는 방식은 지저분해 보이고 시간이 오래 걸리며 장갑을 끼고 처리하기가 쉽지 않았다. 또 내 작은 휴대용 타자기나 도서관 타자기를 쓰면 위험하다는 것도 알았다. 감식 전문가들은 어떤 타자기를 썼는지 알아낼 수 있었다.

이윽고 나는 계획에 착수했다. 토요일마다 그리고 이따

금 평일 반나절을 들여 런던을 돌아다니며 중고타자기 판매점을 찾아다녔다. 여러분도 그런 종류의 상점을 알 것이다. 많이 낡은 것도 있고 거의 쓰지 않은 것도 있으며 잠재 고객이 한번 써볼 수 있도록 탁자 위에 다양한 연식의 타자기가 진열된 그런 상점 말이다. 새 타자기도 있어서 직원이 각 타자기의 장점을 시범 보이거나 고객과 할부 계약 조건을 상담했다. 고객들은 매장 안을 자유롭게 돌아다니며 타자기를 살펴보고 가끔 멈춰 서서 시험 삼아 한 문단을 타자해보기도 했다. 누구나 쓸 수 있게 갱지 묶음이 쌓여 있었다.

물론 나는 매장에 비치된 용지를 사용하지 않았다. 문구점이나 기차역 책 판매대마다 어디서든 파는 유명 상표의 종이를 가져갔다. 두 달에 한 번꼴로 종이와 편지 봉투를 소량 샀고 절대로 같은 가게에 두 번 가지 않았다. 종이와 봉투를 만질 때는 얇은 장갑을 꼈고 타자를 마치자마자 장갑을 벗었다. 가까이에 누가 있으면 '약삭 빠른 갈색 여우'나 파티를 도와주러 온 착한 남자들에 관한 별 뜻 없는 구문을 타자했다. 그러나 나 혼자 있게 되면 아주 다른 문장을 타자했다.

'첫 번째 통신이다, 콜링퍼드. 너는 앞으로도 계속 통신을 받게 될 것이다. 내가 너를 죽이고 말 것임을 알리고자

함이다.'

'너는 내게서 벗어날 수 없다, 콜링퍼드. 경찰에 알릴 생각은 마라. 경찰은 너를 도와줄 수 없다.'

'그날이 머지않았다, 콜링퍼드. 유언장은 써두었나?'

'얼마 남지 않았다, 콜링퍼드. 사형선고를 받은 기분이 어떠한가?'

경고는 딱히 우아하지 않았다. 도서관 사서인만큼 나는 대범한 사형선고에 개성이나 문체, 심지어 조롱의 유머까지 가미할 적절한 인용문을 많이 알고 있었다. 그러나 독창성의 위험을 무릅쓰지는 않았다. 협박 편지는 회사 직원이든 경쟁자든 아내를 빼앗긴 남편이든 그의 적 가운데 누구라도 보냈을 법하게 평범해야 했다.

가끔 운이 좋은 날도 있었다. 가게가 크고 물건이 잘 갖춰졌는데 거의 빈 매장을 만날 때가 있었다. 그러면 이 타자기에서 저 타자기로 옮겨 가며 열두 개 남짓한 편지와 주소를 찍을 수 있었다. 나는 종이와 봉투를 감추고 타자한 편지 더미를 재빨리 끼워 넣을 수 있도록 언제나 접은 신문을 들고 다녔다.

편지를 늘 마련해두는 일은 꽤 품이 들었는데, 덕분에 런던의 흥미로운 지역과 매혹적인 상점을 발견했다. 나는 내 계획 중에서도 이 부분을 특히 즐겼다. 나는 콜링퍼드가 일주일에 두 번 협박 편지를 받기를 원해서 일요일과 목요일에 한 번씩 발송했다. 나는 그가 금요일과 월요일 아침마다 현관 매트 위에 놓인 낯익은 타자 편지 봉투를 보고 두려움에 떨기를 바랐다. 그가 이 협박을 실제로 믿기를 원했다. 그가 믿지 않을 이유가 뭐가 있을까? 나의 증오와 결심의 힘은 종이와 타자기로 찍은 활자를 통해 점차 상황을 파악해가는 그의 두뇌에 반드시 전달되고 말 것이었다.

나는 피해자를 지켜보고 싶었다. 우리는 같은 타운에 살았으니까 그리 어려운 일은 아니었다. 그러나 우리 삶은 완전히 동떨어진 세계였다. 그는 사교적이고 대단한 술꾼이었다. 나는 술집에 들어가본 적도 없고 그가 자주 드나드는 종류의 술집은 특히 불편했다. 그러나 가끔 시내에서 그를 보곤 했다. 보통 자신의 재규어 자동차를 주차하고 나서 거의 은밀한 태도로 좌우를 재빨리 살핀 후 몸을 돌려 차 문을 잠갔다. 그에게서 자신감이 일부 빠져나가고 더 늙어 보였던 것은 나의 상상에 불과했을까?

한번은 이른 봄 어느 일요일에 강가를 산책하다가 콜링퍼드가 보트를 몰고 테딩턴 갑문을 지나가는 모습을 목격하기도 했다. 일사는(그녀는 결혼 후 이름을 바꾸었다) 그와 함께 있었다. 흰색 바지 정장을 입고 물결치는 머리카락을 붉은 스카프로 묶은 모습이었다. 파티가 한창이었다. 거기 두 명 이상의 남자들과 두 명의 여자들이 보였고 여자들이 높은 웃음을 터뜨리는 소리가 들렸다. 나는 죄라도 지은 사람처럼 얼른 돌아서서 몸을 웅크리고 멀어졌다. 그러나 이미 콜링퍼드의 얼굴을 본 다음이었다. 이번에는 내가 잘못 본 게 아니었다. 그의 표정이 어둡고 긴장한 듯 보였던 것은 보트가 수문에 긁히지 않고 통과하도록 운전하는 일이 지루하기 때문은 아닐 것이다.

내 계획의 세 번째 단계는 이사였다. 집을 떠나야 하는 게 유감스럽지는 않았다. 그녀가 고른 싸구려 새 가구와 갓 칠한 페인트 냄새가 풍기는 여성스럽고 화려한 단층집은 엘시의 집이었지 내 집은 아니었다. 찬장과 베개에 아직도 그녀의 냄새가 맴돌았다. 이런 부적절한 환경에서 나는 한때 내가 다시 알게 될 어떤 것보다 더 큰 행복을 배웠다. 그러나 이제는 빨리 이곳을 떠나고 싶은 마음에 불안하게 이 방 저 방을 오갔다.

원하는 집을 찾는 데 넉 달이 걸렸다. 콜링퍼드의 집에서 강 상류 방향으로 3, 4킬로미터 안에 있는 강가 집, 아니면 강에서 아주 가까운 집이어야 했다. 집은 작고 합리적으로 싸야 했다. 돈 문제는 그리 어렵지 않았다. 집값이 오르는 시기여서 현대식 단층집은 내가 샀을 때보다 3백 파운드 더 높은 가격에 팔렸다. 너무 많은 것을 요구하지 않는다면 별다른 어려움 없이 대출을 받을 수도 있었지만, 내가 원하는 바를 이루려면 현금으로 결제해야 했다.

부동산 중개인들은 방 세 개짜리 단층집이 남자 혼자 살기에 너무 크다는 것을 완벽하게 이해했고, 그들이 제안하는 집마다 내가 다소 애매한 이유를 대며 거절하는 게 짜증이 났을지는 몰라도 계속 내게 집을 보여주었다. 그리고 이윽고, 4월 어느 날 오후 나는 내가 찾던 정확한 집을 발견했다.

좁은 운하길 바로 옆 강가에 자리한 집이었다. 타일 지붕을 얹은 오두막처럼 생긴 방 하나짜리 목조 단층집에는 물에 흠뻑 젖은 잔디밭과 방치된 채로 웃자란 작은 꽃밭이 딸려 있었다. 한때는 나무로 만든 부잔교가 있었던 모양이지만, 지금은 잡초와 썩은 밧줄 고리가 달린 널빤지 두 개만 남아 강가 진흙 아래에 반쯤 가라앉아 있었다. 작은 베란다를 칠한 페인트는 오래전에 비늘처럼 벗겨져나갔다. 거실을 바른 장미 넝쿨무늬 벽지는 잔뜩 들떠 있고 색도 바랬다. 전 주인이 낡은 등나무 의자 두 개와 삐걱거리는 탁

자를 두고 갔다. 부엌은 비좁고 허술했다. 곳곳에 우울과
쇠락의 냄새가 축축하게 배어 있었다.

여름철에 이웃한 오두막과 단층집에 휴가와 주말을 보
내러 온 사람들이 들어오면 틀림없이 북적북적한 활기가
흐를 것이다. 그러나 내가 콜링퍼드를 죽이기로 마음먹은
10월이면 이곳은 사용하지 않는 영안실처럼 황량하고 고
립된 곳으로 변할 것이다. 나는 이 집을 사고 현금으로 값
을 치렀다. 심지어 요구한 가격에서 2백 파운드를 깎기도
했다.

*

그해 여름, 내 삶은 거의 행복할 지경이었다. 도서관에
서 내 일을 적절하게 해냈다. 오두막에 혼자 살았고 결혼
전보다 자신을 더욱 잘 보살폈다. 저녁마다 텔레비전을 보
며 보냈다. 눈에 들어오지도 않는 이미지들이 눈앞에서 깜
박이며 피비린내 풍기고 강박적인 내 생각의 단조로운 배
경이 되어주었다.

칼이 손에 익을 때까지 음식을 먹는 도구로 삼아 연습했
다. 콜링퍼드는 나보다 15센티미터 정도 더 컸기 때문에

칼을 찌르는 동작이 위를 향해야 했다. 칼을 쥐는 방법도 달리해 가며 가장 편안하고 효과적으로 쥘 방법을 찾았다. 침실 문에 길쭉한 베개를 걸어놓고 한 번에 몇 시간 동안 베개 위에 표시해둔 지점을 향해 칼을 휘둘렀다. 물론 실제로 칼날을 찔러 넣지는 않았다. 어떤 일이 있어도 칼날의 예리함을 망가뜨리면 안 됐다. 일주일에 한 번 특별 대우 삼아 칼날을 훨씬 더 날카롭게 갈아주었다.

그 단층집으로 이사하고 이틀 후에 장식 없는 진청색 운동복과 가벼운 러닝화를 샀다. 여름 내내 저녁마다 운하로를 달렸다. 이웃의 별장 주인들은(드물기는 했지만, 집에 와 있을 때) 닫힌 커튼 너머로 들려오는 내 집 텔레비전 소리와 창문을 지나쳐 달려가는 내 모습에 익숙해졌다. 나는 그들과도 다른 모든 이들과도 거리를 유지했고, 여름이 지나 어느새 가을이 왔다. 내 집 외에 다른 모든 별장의 셔터가 내려갔다. 운하로는 낙엽으로 질척거렸다. 날이 일찍 저물었고 강가의 여름 풍경과 소음도 잦아들었다. 그리고 10월이 왔다.

콜링퍼드는 최종 이혼 판결 기념일인 10월 17일 목요일에 죽을 예정이었다. 그가 습관대로 작업장에서 홀로 보내는 목요일 저녁이어야 했는데, 마침 그날이 이혼 1주년이라

특별히 반가운 전조로 느껴졌다. 나는 그날 그곳에 그가 있을 것을 알았다. 거의 1년 동안 목요일마다 저녁 어스름에 4킬로미터를 걸어가 그의 작업장 창문에 비치는 사각형의 빛과 뒤쪽에 웅크린 거대한 집의 그림자를 잠깐 지켜보며 서 있곤 했다.

따스한 저녁이었다. 그날 낮 내내 가벼운 비가 뿌렸지만, 해 질 무렵 하늘이 개었다. 가느다란 은빛 달이 떠서 강물 위에 떨리는 빛의 띠를 드리웠다. 나는 평소처럼 도서관을 나섰고 평소처럼 저녁 인사를 건넸다. 온종일 평소 모습 그대로 지냈다. 고독하고, 이따금 약간 냉소적이고, 성실하며, 내면의 소용돌이를 조금도 내비치지 않았다.

집에 도착했을 때 배가 고프지 않았지만, 오믈렛을 만들어 먹고 커피도 두 잔 마셨다. 수영복 바지를 입고 칼이 든 비닐 세면도구 가방을 목에 걸었다. 수영복 위에 운동복을 입고 주머니에 얇은 고무장갑을 넣었다. 이윽고 7시 15분이 되자 오두막을 나서서 평소 습관대로 운하로를 가볍게 달렸다.

미리 정해둔 콜링퍼드 집 건너편 지점에 도착하자 모든 게 제대로 되어감을 알 수 있었다. 집은 어두웠지만, 예상대로 그의 작업장 창문은 불이 밝혀졌다. 보트 하우스에 그의 유람용 보트가 정박해 있는 게 보였다. 나는 미동도 없이 서서 귀를 기울였다. 아무 소리도 들리지 않았다. 심지어 가벼운 산들바람도 잦아들었고 노랗게 물들어가는 강변의 느릅나무 잎사귀도 흔들리지 않았다. 운하로는 텅 비었다. 나는 나무가 가장 빽빽하게 자란 산울타리 그늘에 숨어 미리 골라놓은 자리를 찾아갔다. 고무장갑을 끼고 운동복을 벗어 러닝화와 함께 산울타리 그늘에 곱게 개어 두었다. 그리고 여전히 조심스럽게 좌우를 살피며 강으로 들어갔다.

나는 정확히 어디로 들어가서 어디로 나와야 하는지 알았다. 강둑이 완만하게 굽어서 물이 얕고 바닥은 단단해서 진흙이 비교적 없는 곳을 미리 골라두었다. 물이 몹시 차가웠지만 예상한 바였다. 그해 가을 나는 매일 밤 내 몸이 차가운 충격에 익숙해지도록 찬물로 목욕했다. 나는 기계적이고 조용한 평영으로 강을 헤엄쳐 건넜다. 검은 수면을 거의 건드리지 않았다.

달빛이 드리운 길에서 벗어나려고 애썼지만, 이따금 은빛 광채 속으로 헤엄쳐 들어가는 바람에 붉은 장갑을 낀 내 두 손이 눈앞에서 갈라지는 모습이 보였다. 그 손은 벌써 피로 얼룩진 것처럼 보였다.

콜링퍼드의 부잔교를 이용해 반대편으로 올라갔다. 그리고 가만히 서서 귀를 기울였다. 강물의 끊임없는 신음과 고독한 밤새의 울음을 제외하곤 아무 소리도 들리지 않았다. 나는 조용히 풀밭을 지났다. 그의 작업장 문 앞에서 다시 멈췄다. 어떤 종류인지 기계 소음이 들렸다. 문이 잠겼을까 생각했지만, 손잡이를 돌리자 쉽게 열렸다. 나는 환한 빛으로 들어갔다.

나는 무엇을 해야 할지 정확히 알았다. 완벽할 정도로 침착했다. 일은 4초 만에 끝났다. 그에겐 실제로 반격할 기회가 없었다. 선반 위로 몸을 숙인 채 자기 일에 푹 빠져 있던 그는 나체와 다름없는 남자가 자신을 향해 똑바로 걸어오는 것을 보고 너무 놀라서 말 그대로 아무것도 할 수 없는 상태가 되었다. 그러나 처음 마비의 순간이 지나자 그는 나를 알아보았다.

아아, 그는 정말로 나를 알아보았다! 나는 오른손을 뒤쪽으로 당겼다가 곧장 앞으로 뻗었다. 칼이 버터를 자르듯 부드럽게 살을 파고들었다. 그는 비틀거리다가 앞으로 고꾸라졌다. 나는 그것조차 예상하고 몸을 살짝 풀었다가 그의 몸 위에 올라탔다. 그의 눈이 이글거리고 입이 벌어지더니 검붉은 피를 토했다. 나는 상처 안에서 칼을 잔악하게 비틀었고 힘줄 끊어지는 소리를 음미했다. 그리고 기다렸다.

천천히 다섯을 세고 엎드린 그의 몸에서 일어난 다음 허리를 숙이고 칼을 빼냈다. 칼을 거둬들이는 순간 그의 목구멍에서 피가 달콤한 냄새를 풍기며 분수처럼 호를 그리며 솟구쳤다. 절대로 잊지 못할 장면이었다. 피는 틀림없이 붉은색이었는데(어떻게 다른 색깔일 수 있겠는가?) 당시에도 그 후로도 내 눈에는 계속 그 피가 황금빛 줄기로 보였다.

내 몸의 핏자국을 확인하고 그의 세면대에서 찬물로 팔을 씻은 다음 작업장을 떠났다. 맨발이었기 때문에 나무 바닥에 발자국이 남지 않았다. 등 뒤로 조용히 문을 닫고 다시 한 번 멈춰 서서 귀를 기울였다. 아무 소리도 들리지 않았다. 집 안은 어둡고 아무도 없었다.

✳

돌아오는 길은 생각보다 훨씬 더 지쳤다. 그새 강이 넓어진 것만 같았고 아무리 해도 내 집 쪽 강가에 도달할 수 없을 것만 같았다. 그나마 강물이 얕고 강둑이 단단한 곳을 골라두어서 다행이었다. 진흙과 펄로 뒤범벅된 곳이었다면 제대로 통과할 수 있었을지 자신이 없다.

나는 격렬하게 몸을 떨면서 운동복을 입었다. 러닝화를 신는 데도 소중한 몇 초가 더 걸렸다. 운하로를 따라 1킬로미터 정도 달려간 후 칼이 든 세면도구 가방에 길가 돌멩이를 집어넣어 무겁게 만든 다음 강 한가운데로 던졌다. 경찰이 무기를 찾아 템스강 일부분을 훑어보더라도 강 전체를 수색하지는 못할 것이다. 만약 그렇게 하더라도 세면도구 가방은 지역 상점에서 누구나 살 수 있는 종류였고 칼만 가지고는 나를 추적할 수 없을 거라 확신했다.

30분 후 내 집으로 돌아왔다. 텔레비전을 켜둔 채로 나갔는데, 뉴스가 끝나가고 있었다. 뜨거운 코코아를 한 잔 만들어 자리에 앉아 뉴스를 보았다. 막 사랑을 나눈 후처럼 온몸에서 생각과 에너지가 빠져나간 기분이었다. 피로, 차가운 몸이 전기난로의 온기 덕에 점차 살아나고 있다는 것, 그리고 커다란 평화만이 느껴졌다.

그에게는 적이 꽤 많았던 모양이다. 경찰이 나를 면담하러 들른 건 거의 보름 후였다. 경감과 경사 두 사람이 왔는데, 둘 다 사복 차림이었다. 주로 경사가 말했고 경감은 그저 앉아 거실을 둘러보다가 강을 흘낏 내다보다가 이따금 수사 전체가 어쩔 수 없이 거쳐야 하는 지루한 일이라는 듯

차가운 회색 눈동자로 우리 두 사람을 바라보곤 했다. 경사는 안심시키는 상투적인 말로 몇 가지 질문을 했다.

나는 긴장했지만, 그 사실이 걱정되지는 않았다. 당연히 사람들은 내가 긴장하기를 기대할 것이다. 어떤 일이 있어도 영리하게 굴려고 애쓰면 안 된다고 다짐했다. 말을 너무 많이 해도 안 됐다. 나는 경찰에게 그날 저녁 내내 텔레비전을 보았다고 말하기로 했는데, 누구도 이 사실을 반박하지 못하리라 확신했다. 내 집에 들렀을지도 모르는 친구도 없었다. 도서관 동료들은 내가 어디 사는지도 모를 것이다. 또 전화가 없어서 그 결정적인 1시간 30분 동안 아무도 받지 않는 전화벨이 울렸을지도 모른다는 두려움은 느끼지 않아도 됐다.

대체로 예상보다는 쉬웠다. 딱 한 번 위기감을 느꼈다. 경감이 갑자기 끼어들었을 때였다. 그가 냉엄한 목소리로 물었다.

"그 사람은 당신 아내와 결혼했죠? 당신에게서 여자를 빼앗아 갔다고 말할 사람도 있겠군요. 외모로 보면 상당히 매력적인 여자더군요. 원한을 품은 적이 없습니까? 아니면 매사가 원만하고 부드럽게 흘러갔나요? 여자를 가져가, 이 친구야. 악감정은 없어. 이런 식이었습니까?"

경감의 말투에 담긴 경멸을 받아들이기가 어려웠지만, 만약 그가 나를 도발하려고 했을지라도 그는 성공하지 못했다. 나는 그 질문조차 예상하고 준비를 해두었다. 나는 내 손을 내려다보며 몇 초 기다렸다가 입을 열었다. 뭐라고 말해야 할지 정확히 알았다.

"아내가 처음 그자 이야기를 꺼냈을 때 콜링퍼드를 죽일 수도 있었습니다. 하지만 받아들일 수밖에 없었죠. 아시다시피 그 여자는 돈을 좋아갔으니까요. 그런 여자라면 조만간 또 남편 곁을 떠날 겁니다. 아이가 생기기 전에 빨리 떠나는 편이 나아요. 스스로 '잘 모면했다'라고 생각할 겁니다. 물론 처음부터 그렇게 생각했다는 말은 아닙니다. 하지만 결국 그렇게 느꼈죠. 사실은 예상보다 빨랐어요."

당시에도 그 후로도 그게 내가 엘시에 관해 말한 전부였다.

그들은 세 번 더 찾아왔다. 내 집을 둘러봐도 되느냐고 물었고, 둘러봤다. 내 양복 두 벌과 운동복을 검사한다고 가져갔고, 2주일 후 아무 말 없이 돌려줬다. 그들이 무엇을 의심했는지, 정말로 의심하기는 했는지는 절대 알 수 없다. 그들이 올 때마다 나는 점점 말을 덜 했다. 이야기를 바꾸지 않았다. 그들이 나를 도발해도 결혼생활에 대해 말하거나 그 범죄 사건을 분석하지 않았다. 그저 자리에 앉아 똑같은 말을 여러 번 반복했다. 실질적인 위험을 느낀 적이 한 번도 없었다. 경찰이 강의 일부 구간을 훑어봤지만, 무기를 발견하지는 못했다는 것을 알았다. 결국, 그들은 포기했다. 나는 언제나 용의자 명단 중에서도 아주 아래쪽에 있었고 그들의 방문도 다분히 형식적인 종류였다고 생각했다.

석 달 후 엘시가 나를 찾아왔다. 더 일찍 오지 않아서 다행이었다. 경찰과 함께 있을 때 오기라도 했다면 의심스러워 보였을 것이다. 콜링퍼드가 죽고 나서 엘시를 본 적이 없었다. 전국 신문과 지역 신문에서 회색 모피와 검은 모자를 차려입고 검시 심문에 참석한 상처 입은 모습과 화장장에서 애써 자신을 추스르는 모습, 애프터눈 드레스와 진주로 장식한 채 발치에 남편의 개를 두고 거실에 앉은 외로움과 슬픔의 화신이 된 모습의 사진을 보았다.

"누가 그런 짓을 저질렀을까? 틀림없이 미친놈이었겠지. 로드니 콜링퍼드는 적이 없었거든."

누군가의 말이 도서관에서 저속한 논란을 일으켰다. 보조 사서 하나가 말했다.

"그 여자가 막대한 재산을 상속받았다지? 그 여자한테 알리바이가 있었던 게 다행이야. 그날 저녁 내내 런던 극장에서 〈맥베스〉를 봤대. 그러지 않았다면 사람들이 콜링퍼드의 매력적인 미망인을 두고 다른 생각을 품기 시작했을 거야."

그 사람은 그 '미망인'이 누구인지 기억해내고 갑자기 당혹스러운 표정으로 나를 보았다.

어느 금요일 저녁 그녀가 찾아왔다. 직접 차를 몰고 혼자 왔다. 진한 녹색 사브 자동차가 허물어질 듯한 내 집 정문 앞에 멈췄다. 그녀는 거실로 들어와 곤혹스러운 경멸의 표정을 하고 주위를 둘러보았다. 잠시 후 그녀는 여전히 아무 말도 하지 않고 난로 앞 의자에 앉아 한쪽 다리로 반대편 다리를 쓰다듬듯이 움직이며 다리를 꼬았다. 전에는 한 번도 본 적이 없는 모습이었다. 그녀가 나를 올려다보았다. 나는 의자 앞에 긴장한 채 꼿꼿하게 섰다. 입술이 말랐다. 내 입에서 나오는 목소리가 내게도 낯설었다.

"당신, 이제 돌아온 거야?"

내가 말했다. 그녀가 어리둥절한 얼굴로 나를 빤히 보더니 이내 웃음을 터뜨렸다.

"당신한테? 당신 곁으로 돌아온다고? 바보 같은 소리 하지 마, 자기야! 그냥 들렀어. 게다가, 내가 어떻게 감히 당신에게 돌아와? 당신이 내 목에 칼을 꽂을까 봐 무서운데."

나는 아무 말도 할 수가 없었다. 얼굴에서 피가 싹 빠져나가는 것을 느끼며 멍하게 그녀를 보았다. 이윽고 높고 약간 아이 같은 그녀의 목소리가 들렸다. 거의 다정하게 느껴졌다.

　"걱정하지 마. 아무 말도 하지 않을게. 그 사람에 관해서는 당신 말이 맞았어. 정말이야. 그 사람, 조금도 착한 사람이 아니었어. 아니, 아주 못됐지! 당신하고 살 때는 못된 성격 같은 것은 별로 걱정하지 않았잖아. 하지만 당신은 돈을 많이 벌지 못했지. 그 사람은 50만 파운드나 있는데! 자기도 생각해봐. 내게 50만 파운드가 생겼어!

　그 사람이 얼마나 못됐는지 결혼한 후에도 나를 계속 비서로 부려먹더라고. 그 사람 편지를 내가 전부 타자했어! 정말이야! 그가 집에서 보내는 편지는 전부 내가 했어. 또 매일 아침 그 앞으로 오는 편지를 뜯어봐야 했지. 그 사람이 친구들에게 사적인 내용의 편지에 따로 표시하라고 일러둔 작은 비밀 표시가 있지 않으면 전부."

　나는 핏기 없는 입술을 달싹여 겨우 말했다.

　"그럼 내가 보낸 편지도 전부…."

　"응, 그 사람은 한 통도 못 봤어. 난 그 사람이 걱정하는 게 싫었거든. 그리고 그 편지들, 당신이 보냈다는 것도 알았어. 첫 번째 편지가 도착했을 때 바로 알겠더라. 당신은 '통신'이라는 말의 철자를 한 번도 제대로 쓰지 못했잖아? 우리 결혼 전에 당신이 부동산 중개소와 사무 변호사에게 편지를 썼을 때 눈치챘지. 당신이 교육받은 도서관 사서고 나는 한낱 가게 점원인 걸 생각하면 웃음이 나오더라."

"그럼 당신은 처음부터 알고 있었군. 일이 벌어질 것을 알았어."

"뭐, 그럴 수도 있다고 생각했지. 하지만 그 사람은 정말이지 끔찍했어, 자기야. 당신은 상상도 못 할 거야. 그리고 이제 나는 50만 파운드가 생겼어! 내게 알리바이가 있다는 게 정말 다행이지 않아? 당신이 그 목요일에 올지도 모른다고 생각했거든. 그리고 로드니는 진지한 연극은 절대로 보지 않았어."

✳

그 짧은 만남 후로 다시는 그녀를 보지도 말을 나누지도 못했다. 나는 계속 그 오두막에 머물렀지만 콜링퍼드가 죽고 나자 삶의 의미가 사라졌다. 생각해보면 그의 살인을 계획하는 일 자체가 중요했다. 엘시도 없고 피해자도 없는 삶은 거의 의미가 없어 보였다. 그리고 그가 죽고 1년쯤 지나자 꿈을 꾸기 시작했다. 지금도 월요일과 금요일마다 꿈을 꾼다. 꿈속에서 나는 그 일을 처음부터 다시 겪는다. 나뭇잎이 범벅된 축축한 운하로를 소리 없이 달려가 조용히 헤엄쳐 강을 건너고, 말없이 그의 문을 열고, 칼을 위로 휘두르고, 잔악하게 상처를 비틀고, 힘줄이 끊어지는 동물적 소리를 듣고, 휘어지며 솟구치는 황금빛 핏줄기를 본다. 집을 향해 헤엄치는 부분만 다르다. 꿈속의 강은 낫 모양 초승달이 비쳐 반짝이는 깨끗한 물이 아니라 도저히 뚫고 지나갈 수 없이 천천히 흐르는 역겹도록 찐득찐득한 피의 늪으로 변해서 나는 강가가 점점 멀어지는 모습에 무력한 공포를 느끼며 몸부림친다.

이 꿈의 의미를 안다. 범죄 심리학에 관한 책을 전부 읽었다. 엘시를 잃은 후로 나는 모든 삶을 책을 통해 살았다. 그러나 도움이 되지는 않는다. 게다가 나는 더 이상 내가 누구인지 모르겠다. 과거의 내가 어떤 사람이었는지는 안다. 지역 도서관 보조 사서였고 점잖고 학문적이며 소심한 사람이며 엘시의 남편이었다. 그러다가 콜링퍼드를 죽였다.

과거의 내가 이런 일을 저질렀을 리가 없다. 나는 그런 부류의 사람이 아니었다. 그렇다면 지금 나는 누구인가?

도서관위원회가 약삭빠르게 내게 덜 까다로운 일을 찾는 게 좋겠다고 제안했을 때 사실 나는 놀라지 않았다. 도서관 보조 사서보다 덜 힘든 일을 찾으라고? 그렇지만 그들을 비난할 수는 없다. 자신이 누구인지도 모르는 사람이 효율적으로 자기 일에 집중할 수는 없다.

가끔 술집에 있을 때(직장을 잃은 후로 대부분 시간을 술집에서 보내는 것 같다) 누군가의 어깨너머로 신문에 실린 엘시 사진을 보게 되면 이렇게 말한다.

"아름다운 일사 맨첼리 공주로군요. 내가 그녀의 첫 번째 남편이었답니다."

이제 사람들이 조용히 옆걸음을 치며 멀어지는 모습에 익숙해졌다. 사람들은 어느 술집에나 있는 고독한 술꾼인 내가 들러붙기라도 할까 봐 슬그머니 눈을 피하거나 갑자기 자기들끼리 활달하게 떠들어댄다. 그러나 가끔은 경마장에서 운이 좋았거나 망상에 빠진 불쌍한 놈을 향해 불쑥 동정심을 느낀 사람들이 카운터 너머 바텐더에게 동전 몇 푼을 밀어주며 내게 술을 한 잔 사준 다음 문을 향해 멀어지기도 한다.

산타클로스 살인사건

THE MURDER OF
SANTA CLAUS

찰스 미클도어

　탐정소설 중독자라면 찰스 미클도어라는 내 이름을 들어본 적이 있을 것이다. 적절하게 중독자라고 말했지만, 이 장르를 가끔 읽는 독자나 꽤 까다롭게 분별해 가며 읽는 독자라면 공공도서관에 나의 최신작을 신청하지는 않을 것이다. 나는 H. R. F. 키팅이 아니고 딕 프랜시스도 아니며 하다못해 P. D. 제임스도 아니다.

　그러나 나는 코지 미스터리 살인사건을 좋아하는 사람들을 위해 오랜 전통의 숙련공처럼 일한다. 나의 아마추어 탐정 마틴 카스테어스 경이 피터 윔지를 시시하게 베낀 인물이라는 소리를 들어왔지만, 나는 적어도 그에게 외알 안

경이나 해리엇 베인 같은 부담을 지우지는 않았다. 소박한 개인 수입이 점점 늘어날 만큼은 번다. 결혼도 하지 않고 혼자 살며 사교적이지도 않은 내가 왜 인생보다 글쓰기에서 더 성공하기를 기대하겠는가?

심지어 뛰어난 죽음 전문가 중 한 사람이 시간을 낼 수 없게 되면 라디오 토크쇼에 출연해달라는 요청을 받기도 한다. 나는 오래된 질문에 익숙해졌다.

"미클도어 씨, 개인적으로 살인사건에 연루된 경험이 있습니까?"

나는 한결같이 거짓말로 대답한다. 무엇보다 질문자가 절대로 진실을 기대하지 않는다. 그럴 시간이 없다. 또 한 가지 이유는 어차피 사실을 말해도 사람들이 내 말을 믿지 않을 것이기 때문이다. 내가 연루된 살인사건은 내가 풍부한 영감을 받아 꾸며낸 허구의 상해 사건만큼이나 복잡하고 기이했다. 내가 그 일에 관해 쓴다면 '산타클로스 살인사건'이라는 제목을 붙일 것이다. 그리고 그게 사건의 본질적인 실체였다.

꽤 어울리게도 그 일은 '누가 저질렀나?' 류의 코지 미스터리가 전성기를 구가했고 전쟁 중의 첫 크리스마스였던 1939년 크리스마스에 일어났다. 나는 가장 좋은 시절이지만 서툰 나이인 열여섯 살이었고, 예민하고도 고독한 외동이라 다른 아이들보다 더 서툴렀다. 아버지는 싱가포르에서 식민지 공무원으로 일했다. 나는 겨울 휴일이 오면 보통 기숙사 사감의 가족과 함께 보냈다. 그러나 그해 부모님은 아버지의 이복형인 빅터 미클도어가 코츠월드의 영주 저택인 마스턴 터빌에 나를 초대했다고 편지를 보내왔다.

빅터 삼촌의 지시사항은 명확했다. 크리스마스이브에 4시 15분 기차로 도착해 12월 27일 수요일 오전에 떠나는 일정이었다. 삼촌의 가정부이자 비서인 메이크피스가 마스턴 역까지 마중을 나오기로 했다. 다른 손님도 네 명 있었는데, 5년 전 삼촌에게 영주 저택을 판 전 주인 터빌 소령과 터빌 부인, 삼촌의 의붓아들이자 유명한 아마추어 비행사 헨리 콜드웰, 그리고 여배우 미스 글로리아 벨사이즈가 그들이었다. 콜드웰과 벨사이즈에 관해서는 당연히 들어본 적이 있었고, 당시 내가 아무리 순진했어도 벨사이즈가 진짜 이름이라고는 생각하지 않았다.

삼촌은(의붓 삼촌이라고 해야 하나?) 나랑 어울릴 다른 어린 손님이 없다고 사과했다. 그 점은 걱정되지 않았다. 그러나 방문 자체가 걱정이었다. 삼촌은 내가 열 살 때 딱 한 번 만난 적이 있었다. 하다 만 말들과 주워들은 이야기를 통해 부모님과 삼촌 사이가 좋지 않다는 것은 알고 있었다. 삼촌이 한때 내 어머니와 결혼을 원했던 모양이었다. 아마 이번 초대는 불확실한 전쟁이 시작된 만큼 화해의 시도일지도 몰랐다. 아버지는 내가 초대를 받아들이고 삼촌에게 좋은 인상을 남기기를 바란다고 편지에 분명하게 밝혔다. 나는 빅터 삼촌이 큰 부자면서 자식이 없다는 불온한 생각을 마음속에서 몰아냈다.

메이크피스는 마스턴 역에서 나를 기다렸다. 특별히 따뜻하게 맞아주지 않고 곧장 대기 중인 다임러 자동차로 안내했는데, 유난히 억압적인 날의 기숙사 사감이 떠올랐다. 우리는 차를 타고 말없이 마을을 지나갔다. 크리스마스 전의 차분함 속에 울적하고 황량한 분위기가 감돌았다. 커다란 주목 뒤로 교회가 절반쯤 가려졌던 모습과 학교 창밖으로 아이들이 색종이로 만든 크리스마스 사슬 장식이 어른거리던 게 기억난다.

마스턴 터빌은 안뜰을 중심으로 건물 세 동이 자리 잡은 17세기 작은 영주 저택이었다. 마을 전체가 등화관제 중이라 처음에는 낮게 드리운 조각구름 아래 웅크린 회색 석재 덩어리로 보였다. 빅터 삼촌은 대형 홀의 장작 난로 앞에서 나를 맞았다. 나는 12월의 땅거미에서 번쩍이는 색채 속으로 눈을 깜박이며 들어갔다.

거대한 크리스마스트리에 촛불이 반짝였고 트리를 고정한 통에는 서리 내린 눈 뭉치를 흉내 낸 솜뭉치가 쌓여 있었다. 불길이 타오르고 은 식기에 난롯불 광채가 비쳤다. 다른 손님들은 차를 마시는 중이었는데, 지금 돌이켜보니 입술을 향해 가는 찻잔과 비극이 시작되길 기다리는 운명의 피해자들이 인상적인 그림처럼 떠오른다.

기억은 심술궂고 선별적인 법이라 각 손님이 적절한 옷을 입은 모습으로 떠오른다. 그해 크리스마스를 떠올리면 우선 가슴에 훈장 리본을 달고 영국공군 제복을 입은 불운한 영웅, 헨리 콜드웰이 보인다. 하지만 당시 그가 제복을 입고 있었을 리가 없다. 그는 영국공군에 입대하려고 훈련 통보를 기다리는 중이었다.

그리고 글로리아 벨사이즈는 한결같이 만찬을 위해 갈아입은 몸에 꼭 맞는 황금색 이브닝드레스 차림으로 기억된다. 새틴 천에 그녀의 젖꼭지가 도드라져 보여서 나로서는 눈을 떼기가 어려웠다. 수수하고 무서울 만큼 효율적인 메이크피스는 제복처럼 간소한 회색 모직 원피스 차림이었고, 터빌 부부는 허름한 시골 트위드를 입었으며, 빅터 삼촌은 언제나 깔끔한 만찬용 정장을 입었다.

빅터 삼촌이 어둡고 냉소적인 얼굴로 나를 향해 허리를 숙이고 말했다.

"네가 앨리슨의 아들이로구나. 어떻게 변했는지 궁금했다."

삼촌이 무슨 생각을 하는지 알 것 같았다. 아버지를 제대로 만났더라면 모든 게 달라졌을 거라는 말이었다. 키가 189센티미터나 되는 빅터 삼촌 옆에 있으려니 작은 내 키가 의식되었고 (키로는 헨리 콜드웰만이 삼촌과 맞먹었다) 청소년 특유의 여드름투성이 얼굴도 신경 쓰였다. 삼촌이 나를 다른 손님들에게 소개했다.

터빌 부부는 온화한 얼굴을 한 백발 부부로 생각보다 나이가 많았고 두 사람 모두 귀가 조금 어두웠다. 헨리 콜드웰의 근엄한 아름다움이 엄청났지만, 수줍음과 영웅숭배 때문에 나는 그 앞에서 아무 말도 하지 못했다. 미스 벨사이즈의 얼굴은 신문에서 봐서 이미 알고 있었다. 사진 속 모습은 솜씨 좋은 수정이 가해졌던 모양인지 직접 보니 깊어가는 눈 밑 주름과 늘어지는 턱선, 돋보이는 눈 아래 열 오른 홍조가 확연해 보였다.

당시 나는 그녀가 왜 그토록 크리스마스에 열광하는지 알 수가 없었다. 지금은 그녀가 하루 대부분 반쯤은 취해 있었고, 삼촌이 그 모습을 보고 재미있어했기에 그녀를 말릴 생각을 하지 않았음을 알겠다. 손님들끼리의 연관성이 거의 없는 모임이었다. 나는 말할 것도 없고 다른 손님들도 편안해 보이지 않았다. 첫 만남 후 삼촌은 내게 거의 말을 걸지 않았다. 그러나 함께 있을 때면 삼촌이 나를 집요하게 관찰하고 있음을, 어떤 면에서 보면 인정을 받고 있음을 알 수 있었다.

처음으로 공포를 암시했던 협박 메시지가 담긴 크리스마스 크래커*는 저녁 7시에 도착했다. 크리스마스이브에 마을 사람들이 영주의 저택에 찾아와 캐럴을 불러주는 게 마스턴 터빌의 오랜 전통이었다. 사람들은 신속하게 도착해 대형 홀의 조명이 어두워진 사이 한 사람씩 옆걸음으로 암막 커튼 아래 섰다. 남자 일곱 명 여자 세 명, 이렇게 모두 열 명이었는데, 밤의 강추위를 막으려고 망토를 두르고 각자 랜턴을 하나씩 들고 와서 묵직한 현관문이 닫히자마자 곧바로 랜턴을 켰다.

나는 새로 맞춘 만찬용 정장을 입고 벽난로 오른쪽의 터빌 부인과 헨리 사이에 불편한 자세로 서서 마을 사람들이

---

* 두 사람이 양쪽 끝을 잡아당기면 폭죽 소리가 나며 터지는 튜브 모양의 긴 꾸러미로 안에는 주로 작은 선물과 종이로 만든 모자가 들었다.

정성 어린 목소리로 부르는, 순수하게 향수를 불러일으키는 오래된 캐럴을 들었다. 그 후 집사 풀과 하녀 한 사람이 민스파이와 뜨거운 펀치를 내왔다. 하지만 왠지 서먹한 분위기가 맴돌았다. 마을 사람들은 원래 터빌 부부를 위해 캐럴을 불러왔을 것이다. 그런데 지금 영주 저택은 외지인의 손에 넘어갔다.

사람들은 거의 보기 흉할 정도로 서둘러 먹고 마셨다. 홀의 불이 꺼지고 문이 열리고 삼촌과 그 옆에 선 메이크피스가 사람들에게 고맙다며 잘 가라고 인사했다. 미스 벨사이즈는 저택의 안주인이라도 되는 듯 떠나는 사람들 주변을 설치고 다녔다. 터빌 부부는 홀 가장 안쪽에 멀찌감치 떨어져 서 있었는데, 캐럴이 시작되었을 때 나는 부인의 손이 은밀하게 남편의 손을 향해 움직이는 모습을 보았다.

우리는 거의 동시에 크래커를 보았다. 그것은 문 근처 작은 탁자 위에 놓여 있었다. 빨간색과 노란색 주름 종이로 만든 크래커는 꽤 큼직했고 아마추어의 솜씨가 분명해 보였지만 약간의 기술이 들어가 있었다. 미스 벨사이즈가 크래커를 붙잡고 살펴보았다.

"빅터 미클도어! 여기 당신 이름이 있어. 누가 당신에게 선물을 놓고 갔네. 어머나, 재미있어라! 어서 잡아 당겨봐!"

빅터 삼촌은 대꾸 없이 담배를 빨아들이더니 연기 너머 벨사이즈를 경멸의 눈초리로 바라보았다. 벨사이즈는 얼굴이 붉어졌지만, 곧 내 쪽으로 크래커를 내밀었고, 우리는 함께 크래커 양쪽을 잡아당겼다. 펑 하는 폭죽 소리도 없이 종이가 찢어지더니 작은 물체가 떨어져 카펫 위를 굴러갔다. 나는 몸을 숙여 그것을 집어 들었다.

길쭉한 직사각형 종이로 깔끔하게 포장된 그것은 열쇠고리에 달린 두개골 모양의 작은 금속 장식물이었다. 선물 가게에서 비슷한 물건을 본 적이 있었다. 나는 장식물을 감싼 종이쪽지를 펼쳤고 대문자 손글씨로 쓴 시를 보았다. 벨사이즈가 외쳤다.

"어서 읽어보렴!"

삼촌의 태연한 얼굴을 한번 살펴보고 나는 지나치게 크고 긴장한 목소리로 쪽지를 읽었다.

메리 크리스마스, 미클도어!
잠자리에 들어도 더는 잠들지 못하리라.
이 부적을 받거든 단단히 쥐고 있길,
오늘 밤이 마지막 잠이 될 테니.
크리스마스 종이 신나게 울릴 때

그대에겐 지옥의 종소리가 울릴지니.

해피 크리스마스, 미클도어.

잠자리에 들어도 더는 잠들지 못하리라.

순간 침묵이 드리웠고, 잠시 후 헨리 콜드웰이 침착하게
말했다.

"이웃 가운데 당신을 좋아하지 않는 사람이 있나 봅니다,
빅터. 하지만 종 어쩌고 한 부분은 틀렸네요. 전쟁 중에는
크리스마스 종을 울리지 않아요. 지옥의 종이야 뭐, 다른
문제지만요. 국방 법규 적용대상은 분명히 아닐 겁니다."

글로리아 벨사이즈의 목소리가 공기를 찢었다.

"이건 죽음의 협박장이야! 누군가가 당신을 죽이고 싶어
해. 아까 캐럴을 불렀던 사람 중에 그 여자가 있지 않았어?
작년 크리스마스에 당신이 그 여자 딸을 자동차로 치어 죽
였잖아. 마을 학교 선생이었지. 손더스라던가. 그 여자 이
름이잖아. 손더스 부인이 여기 왔었어!"

소름 끼치는 침묵이 이어졌다. 삼촌이 채찍을 내리치는
것 같은 말투로 말했다.

"목격자가 검은색 다임러를 봤다지만, 내 차가 아니었
어. 내 다임러는 작년 크리스마스이브에 차고를 떠난 적이

88

없어. 풀이 증언했지."

"알아. 별 뜻 없이 한 말이었어."

"당신은 늘 그렇지."

그리고 삼촌은 풀을 향해 말했다.

"이 물건은 부엌 난로에 집어넣는 게 좋겠군."

그러자 헨리가 말했다.

"그 물건을 파괴하면 안 돼요. 적어도 당분간은요. 해롭지 않은 물건이지만, 또 다른 걸 받기라도 하면 일이 커질 테고, 그러면 경찰에게 증거로 보여주는 게 좋을 겁니다."

메이크피스가 냉정한 목소리로 말했다.

"제가 서재 책상에 가져다 두겠습니다."

그녀가 크래커를 가져가자 나머지 일행은 눈으로 그 모습을 좇았다. 글로리아 벨사이즈가 말했다.

"하지만 문을 잠그고 자. 침실 문을 잠가야 할 것 같아."

빅터 삼촌이 말했다.

"내 집에서 그 누구 때문에라도 방문을 잠그지는 않을 거야. 내게 적이 있다면 직접 만나보겠어. 자, 이제 저녁을 먹으러 가자고."

불편한 식사였다. 반쯤 취한 벨사이즈의 우렁차고 유창한 수다는 음울한 분위기를 강조할 뿐이었다. 그 만찬 자리에서 벨사이즈는 내게 삼촌의 또 다른 전통에 대해 들려주었다. 삼촌은 '우리에게 잠들거나 적어도 잠자리에 들 시간을 주고 나서' 정확히 1시에 산타클로스 옷을 입고 손님들에게 선물을 나눠준다고 했다. 각자 방에 가면 침대 발치에 벌써 선물을 넣을 양말이 준비되어 있을 거라고 했다.

"내가 작년에 뭘 받았는지 볼래?"

벨사이즈가 무척 기뻐하며 테이블 너머로 자기 팔을 쑥 내밀었다. 촛불 빛에 다이아몬드 팔찌가 반짝였다. 삼촌이 권총을 쏘는 것처럼 주먹으로 호두를 쩍 쪼갰다.

"착하게 굴면 올해는 더 좋은 걸 주지."

그 말도, 말투도 모욕적이었다.

남은 저녁 시간은 밝게 빛나는 흥미진진한 장면이 연속으로 기억난다. 만찬 후 춤을 추었는데, 터빌 부부는 성실하게 맴돌았고 벨사이즈는 헨리 콜드웰에게 요염하게 매달렸으며 메이크피스는 난로 옆 자기 자리에서 그 모습을 경멸 어린 눈빛으로 지켜보았다. 다음은 토끼사냥 게임이 이어졌다. 콜드웰의 말에 따르면 이 게임도 빅터 삼촌의 크리스마스 전통 중 하나인데, 집안 식구 전체가 참여해야 했다. 나는 토끼로 뽑혔다. 토끼는 팔에 풍선을 매달고 주어진 5분 동안 집 안 어디에나 숨을 수 있었다. 목표는 누군가에게 붙잡혀 풍선이 터지기 전에 현관문으로 무사히 돌아가기였다.

나는 이 게임이 저녁 시간 중에서 유일하게 즐거웠다. 하녀들은 킥킥 웃고, 벨사이즈는 나를 잡겠다며 둘둘 말아 쥔 잡지로 공연히 앞을 찔러대며 식탁 둘레를 돌고, 내가 마지막으로 현관문을 향해 미친 듯이 질주할 때 콜드웰이 서재에서 튀어나와 호랑가시나무 가지로 풍선을 터뜨렸다. 나중에 집사 풀이 음료 쟁반을 들고 왔을 때 크리스털 디캔터에 사위어가는 촛불 빛이 반사되어 일렁였던 것도 기억난다. 터빌 부부가 맨 먼저 자러 가고(터빌 부인은 자기 방에서 10시 45분 라디오 방송 〈에필로그〉를 들어야 한다고 했다) 곧바로 벨사이즈와 메이크피스가 자러 들어갔다. 나는 11시 45분에 인사를 건네고 음료 쟁반을 사이에 둔 빅터 삼촌과 콜드웰만 남겨 두고 자러 갔다.

내 방문 앞에 메이크피스가 기다리고 있다가 콜드웰과 방을 바꿔달라고 부탁했다. 콜드웰은 네 기둥에 커튼을 친 침대가 있는 붉은 방을 배정받았는데, 메이크피스는 그가 지난 6월 남미를 향해 비행하다가 조종간에서 몇 초 만에 탈출해야 했던 추락 사고를 겪었다며 그 방 침대가 폐소공포증을 일으킬지도 모른다고 걱정했다. 메이크피스가 나를 도와 얼마 안 되는 내 소지품을 복도 뒤쪽의 새 방으로 옮겨주고 잘 자라고 인사를 건넸다. 삼촌 방에서 더 멀어져서 유감이었다고는 말하지 못하겠다.

크리스마스이브가 끝나가고 있었다. 나는 옷을 갈아입고 복도 굽이에 있는 화장실에 가면서 그날 하루를 생각했다. 뭐, 너무 나쁘지는 않은 날이었다. 콜드웰은 거리감이 있었지만 상냥했다. 메이크피스는 무서웠지만 나를 건드리지 않았다. 빅터 삼촌은 여전히 무서웠지만 터빌 부인이 어머니처럼 내 옆을 지켜주었다. 부인은 귀가 어둡고 차림새도 허름했지만, 자신만의 온화한 권위가 있었다. 난로 오른쪽 벽감에 작은 성모상이 있었는데 토끼사냥 게임 전에 누군가가 성모상 목에 풍선을 매달아두었다. 부인이 집사 풀에게 풍선을 떼라고 조용히 말하자 풀은 곧바로 그 말을 따랐다.

나중에 부인이 성모상의 이름은 터빌 그레이스이고 3백년 동안 이 집의 주인을 해악으로부터 지켜주었다고 설명했다. 부인은 외아들이 근위대에서 복무 중이라고 말했고 내 가족에 대해서도 물었다. 그리고 전쟁이 닿을 수 없는 싱가포르에 가 있으니 얼마나 다행이냐고 말했다. 전쟁이

닿을 수 없다니! 지금도 그 모순을 떠올리면 얼얼하다.[*]

주름진 침대 커튼과 차양 모두 묵직한 선홍색 천으로 만들었는데 내가 보기엔 다마스크 직물 같았다. 커튼레일에 결함이 있는지 발치 부분을 제외하곤 커튼을 완전하게 칠 수가 없었고, 침대 옆에 협탁을 놓을 공간도 거의 없었다. 높고 놀라울 만큼 딱딱한 매트리스 위에 누워 있으니 피의 불꽃으로 감싸였다는 느낌이 들었고 메이크피스가 왜 콜드웰을 다른 곳에서 재워야 한다고 생각했는지 이해가 되었다. 그때는 어려서 글로리아 벨사이즈가 삼촌의 정부였다는 사실은 분명히 알고 있었으면서도, 메이크피스가 콜드웰을 사랑한다는 것은 미처 깨닫지 못했다.

거의 곧바로 잠들었는데, 잠을 깨우는 내면의 시계가 겨우 2시간 후에 나를 흔들어 깨웠다. 나는 침대 옆 램프를 켜고 손목시계를 들여다보았다. 1시 1분 전이었다. 산타클로스가 오고 있을 것이었다. 나는 램프를 끄고 1년 중 가장 마법 같은 이 밤에 어렸을 때 느꼈던 어떤 흥분을 다시 느끼며 기다렸다.

---

[*] 영국의 극동 요새였던 싱가포르는 1942년 일본군에게 점령당하고, 영국군은 수많은 전사자와 포로를 내는 피해를 입었다.

그는 카펫 위를 소리 없이 움직이며 곧바로 왔다. 커튼을 치고 있어서 아무 소리도 들리지 않았고, 심지어 숨소리도 들리지 않았다. 나는 얼굴 절반까지 이불을 덮어쓰고 잠든 척하면서 실눈을 뜨고 지켜보았다. 그는 손전등을 들고 있었는데 빛의 웅덩이가 순간적으로 털을 덧댄 산타 옷을 비추었다. 끝이 뾰족한 산타 모자가 앞으로 내려와 그의 얼굴을 덮었다. 흰 장갑을 낀 손이 양말 속에 선물 꾸러미를 집어넣었다. 그는 왔을 때처럼 소리 없이 떠났다.

열여섯 살이란 참을성이 없는 나이다. 나는 그가 완전히 가버렸음을 확신할 때까지 기다렸다가 조용히 침대에서 내려왔다. 빨간 줄무늬 포장지로 감싼 선물은 길고 가늘었다. 리본을 풀었다. 안에는 H. R. C.라는 머리글자가 새겨진 황금 담배 케이스가 들었다. 어처구니없게도 콜드웰과 방을 바꾼 사실을 잊고 있었다! 당연히 선물은 헨리 콜드웰을 위한 것이었다. 내 선물은 아침까지 기다려야 했다. 나는 충동적으로 담배 케이스를 열어보았다. 안에 타자한 메시지가 들었다.

'해피 크리스마스! 확인할 필요는 없다. 당연히 금이니까. 혹시 더 바라기 시작할지 몰라서 하는 말인데, 이것은 네가 내게서 얻어갈 유일한 금이다.'

괜히 열어봤다. 이 모욕적인 조롱의 말을 보지 말았어야 했다.

나는 공들여 포장과 리본을 깔끔하게 원위치시키고 선물을 다시 양말 속에 넣고 잠자리에 들었다.

한밤중에 또 깼다. 화장실에 가고 싶었다. 복도도 집 안 전체처럼 등화관제 중이었지만, 탁자 위에 조그만 기름 램프가 타고 있어서 졸린 와중에도 그 빛에 기대어 더듬거리며 화장실을 찾아갔다. 내 방 앞으로 돌아왔을 때 발소리가 들렸다. 나는 문 뒤쪽 공간에 숨어 지켜보았다. 터빌 소령과 터빌 부인이 가운차림으로 조용히 복도를 지나 피신이라도 하는 사람들처럼 은밀하게 화장실로 들어갔다. 소령은 수건으로 둘둘 만 것을 들고 있었다.

나는 호기심을 품고 기다렸다. 몇 초 후 부인이 문밖으로 고개를 내밀고 복도 아래쪽을 흘깃 살피더니 다시 들어갔다. 3초 후 그들은 함께 나왔는데 소령은 여전히 아기처럼 수건으로 둘둘 만 물건을 들고 있었다. 나는 몰래 훔쳐보는 것을 들킬까 두려워 문을 닫았다. 뭔가 이상했다. 그러나 곧 그 일을 망각 속으로 보내버렸다.

잠들기 전 커튼을 다시 쳤고 새벽 첫 동이 틀 무렵 깨어났다. 침대 발치에 키가 큰 사람이 서 있었다. 헨리 콜드웰이었다. 그가 내게 다가와 선물 꾸러미를 내밀었다.

"방해해서 미안하다. 네가 깨기 전에 선물을 바꿔놓으려고 했어."

콜드웰은 자기 선물을 꺼냈지만, 포장을 풀어보지 않고 대신 내가 선물을 뜯어보는 모습을 지켜보았다. 삼촌은 내게 10파운드 지폐로 감싼 금시계를 주었다. 그 사치스러움에 할 말을 잃었지만 내 얼굴이 기쁨으로 발그레 달아오른 것을 느꼈다. 헨리가 내 얼굴을 보고 말했다.

"그 사람이 그 물건의 대가로 뭘 요구할지 궁금하구나. 그 사람이 널 더럽히도록 내버려두지 마. 그는 사람들을 가지고 놀려고 돈을 쓰니까. 네 부모님은 외국에 계신다지?"

나는 고개를 끄덕였다.

"앞으로 이곳에서 휴일을 보내지 않겠다고 부모님께 편지를 쓰는 게 좋겠다. 네 일이니까 내가 끼어들고 싶지는 않다만, 네 삼촌은 어린아이에게 해로운 사람이야. 누구한테나 해롭지."

뭐라고 말해야 할지 알 수가 없었다. 그가 선물을 받은 나의 기쁨을 망쳤다고 생각해 순간적으로 울컥 화가 치밀었던 기억이 난다. 그리고 바로 그때 첫 비명이 들려왔다.

거칠게 갈라진 소름 끼치는 여자의 비명이었다. 콜드웰

이 먼저 달려 나가고 나는 허둥지둥 침대에서 내려와 뒤를 따라 복도를 내달려 집의 전면부로 향했다. 비명은 삼촌 방 열린 문 안쪽에서 들려왔다. 우리가 도착하자 장미색 실크 가운이 흐트러지고 머리도 헝클어진 글로리아 벨사이즈가 문간에 나타났다. 그녀는 비명을 멈추고는 콜드웰을 붙들고 숨을 헐떡였다.

"그가 죽었어! 살해당했어! 빅터가 살해당했어!"

우리는 걸음을 늦추고 아주 천천히 침대로 다가갔다. 우리 뒤로 메이크피스가 와 있었고 풀도 아침 차 쟁반을 들고 복도를 걸어왔다. 삼촌은 여전히 산타클로스 옷을 입고 얼굴 주위로 산타 모자를 쓰고 반듯하게 누워 있었다. 입은 익살맞은 미소를 띤 것처럼 반쯤 벌어졌고 코는 새 부리처럼 날카롭게 솟았으며 어색할 만큼 희고 가는 양손이 몸 옆에 단정히 놓였는데, 손이 어찌나 가냘픈지 인장 반지조차 무거워 보였다. 삼촌의 모든 것이 줄어들고 무해해져서 거의 애처로울 지경이었다. 내 눈은 어느새 칼에 못 박혔다. 삼촌의 가슴에 크리스마스 크래커에서 나온 협박의 편지가 칼로 꽂혀 있었다.

심한 욕지기가 느껴졌다가 수치스럽게도 공포와 흥분이 섞인 들뜬 느낌이 찾아왔다. 내 옆에 터빌 소령이 다가와 있었다. 소령이 말했다.

"아내에게 알려야겠어. 아내는 여기 오면 안 돼. 헨리, 자네가 경찰에 전화를 거는 게 좋겠네."

메이크피스가 물었다.

"죽었나요?"

마치 아침 식사 준비가 다 되었냐고 묻는 것 같은 말투였다. 헨리 콜드웰이 대답했다.

"아, 그래요. 정말로 죽었어요."

"그런데 피가 거의 없어요. 칼 주위에요. 왜 피를 흘리지 않았을까요?"

"칼을 꽂기 전에 죽었다는 뜻이죠."

두 사람이 그토록 침착할 수 있다는 사실이 신기했다. 이윽고 헨리 콜드웰이 풀에게 돌아섰다.

"이 방 열쇠가 있습니까?"

"예. 집무실 열쇠 선반에 있습니다."

"열쇠를 가져다주세요. 방문을 잠그고 경찰이 올 때까지 그대로 두는 게 좋겠어요."

사람들은 침대 발치에 웅크리고 앉아 코를 훌쩍이는 글로리아 벨사이즈를 못 본 척했다. 그리고 나에 대해서도 잊은 것처럼 보였다. 나는 덜덜 떨면서 한때 빅터 미클도어였던 붉은 옷을 입은 기괴한 시체에 시선을 고정했다.

잠시 후 풀이 헛기침을 하더니 우스꽝스러울 정도로 정중하게 말했다.

"저, 주인님이 왜 자신을 방어하지 않았는지 모르겠습니다. 미클도어 씨는 언제나 침대 옆 탁자 서랍에 권총을 넣어두었는데요."

콜드웰이 다가가 서랍을 열었다.

그때 벨사이즈가 울음을 그치고 신경질적으로 웃음을 터뜨리더니 떨리는 목소리로 읊조렸다.

해피 크리스마스, 미클도어.
잠자리에 들어도 더는 깨지 못하리라.
메리 크리스마스, 조종을 울려라,
살해당해 죽어서 지옥에 가버렸네.

그러나 다들 서랍 쪽을 바라보았다.
서랍은 비어 있었다. 총이 사라졌다.

존 포팅어 경감

아무리 작은 카운티 경찰대였다고 해도 퇴역한 일흔여
섯 살 경찰관에게 난로 옆에서 보내는 저녁을 달래줄 추억
이 모자라지는 않기에, 찰스 미클도어에게 편지를 받기 전
까지 나는 꽤 오랫동안 마스턴 터빌 저택 살인사건을 잊고
지냈다. 미클도어는 집필 중인 개인적인 기록에 넣기 위해
그 사건에 대한 나의 견해를 듣고 싶다고 했는데, 당시 기
억이 어찌나 생생하게 되살아나는지 나조차 깜짝 놀랄 정
도였다.

그가 어떻게 나를 찾아냈는지는 모르겠다. 그는 탐정소
설을 쓰고 있으며 내 의견이 도움될 거라고 말했다. 나는
탐정소설을 읽지 않는다. 내 경험상 경찰관들은 거의 읽지
않는다. 현실을 상대하다 보면 환상에 대한 기호는 사라지
기 마련이다.

나는 수줍음이 많고 별 매력도 없이 비밀스러웠던 그때
그 소년에게 무슨 일이 있었는지 알고 싶어졌다. 무엇보다
그는 아직 살아 있었다. 1939년 크리스마스이브를 마스턴
터빌 저택에서 보냈던 그 작은 무리 가운데 많은 이들이 비
참한 결말을 맞았다. 한 사람은 살해당했고, 한 사람은 격

추당해 화염 속에서 생을 마감했으며, 한 사람은 자동차 사고로 죽었고, 두 명은 런던 공습을 만났고, 한 사람은 주로 내 활동 때문에 교수대에서 불명예스럽게 죽었다.

그 일로 잠을 잃지는 않았다. 자기 일을 잘해나가다 보면 나머지 결과는 알아서 따라오기 마련이다. 그게 경찰 업무에 관해 내가 아는 유일한 방법이다. 그러나 우선 내 이야기부터 하는 게 좋겠다.

내 이름은 존 포팅어, 1939년 12월에 막 경감으로 승진한 상태였다. 미클도어 살인사건은 내가 맡은 첫 살인사건이었다. 당시 나는 경사와 함께 오전 9시 30분에 그 영주 저택에 도착했고, 나이 지긋한 경찰 의사 매케이가 곧바로 뒤따라왔다. 헨리 콜드웰이 책임을 지고 만사를 제대로 처리해두었다. 살인 현장은 잠가 두었고 누구도 집을 떠나지 못하게 했으며 사람들은 한자리에 모여 있었다.

터빌 부인만 그 자리에 없었는데, 남편 말에 의하면 너무 심각한 충격을 받는 바람에 경찰을 직접 볼 자신이 없어서 자기 방에 틀어박혀 있다고 했다. 터빌 소령은 의사 매케이가 먼저 부인의 상태를 살펴보고 나면 나를 그 방에 들이겠다고 했다. 매케이는 터빌 가문의 주치의였고 당시에는 마을 사람 전체를 상대하는 의사였다. 사건에 연루된 대다수 사람이 서로를 알았다. 그 사실이 경찰인 내게는 강점이었고 동시에 약점이었다.

우리는 우선 무거운 산타클로스 옷부터 벗겼다. 옷 안감이 피로 물들어 검고 빳빳하게 굳어 있었는데, 사라진 권총이 없어도 미클도어가 총을 맞고 죽었다는 사실을 알 수 있었다. 총알이 심장 가까이 박혀 있었다. 그런데 미클도어가 순순히 누워 총알을 기다리고 있었을 리가 없었다. 침대 옆 탁자 위에 빈 유리잔이 하나 있었다. 들어보니 희미하게 위스키 냄새가 풍겼다. 그러나 그 안에 다른 성분이 들어 있었을 가능성도 배제하지 않았다.

의사 매케이가 장갑 낀 손을 단 한 번 빠르게 움직여 칼을 뽑았다. 날이 예리한 보통 부엌칼이었다. 맥케이가 그슬린 흔적을 찾아 넓은 총상 부위 주변에 코를 대고 냄새를 맡은 다음 시신의 온도와 사후강직 진행상태를 확인했다. 살해 시점은 언제나 정확하게 짚을 수 없는 법이지만, 그는 결국 미클도어가 밤 11시 30분에서 새벽 2시 사이에 사망했다고 추정해냈다. 그의 의견은 나중에 부검을 통해 확인되었다.

아직 조용하긴 했지만 제2차 세계대전의 첫 겨울이라 인력이 부족했기 때문에 나는 경사 한 명과 이제 막 부임한

신임 형사 둘과 사건을 수사해야 했다. 내가 직접 용의자들을 신문했다. 그들이 비통한 척했어도 별로 설득력이 없었겠지만, 기회를 주어도 그들은 시도조차 하지 않았다. 다들 관습적인 빤한 말을 했고 나 역시 그랬지만, 우리는 서로 속지 않았다.

헨리 콜드웰은 자정 직전 복도에서 헤어질 때 빅터 미클도어가 위스키 잔을 들고 자기 방으로 들어가는 것을 마지막으로 보았다고 진술했다. 터빌 부부와 미스 벨사이즈는 좀 더 일찍 자러 갔기에 자정에는 잠들어 있었고 아침까지 깨지 않았다고 주장했다.

찰스 미클도어는 1시가 넘은 어느 시점에(시계를 확인하지는 않았다) 화장실에 다녀왔다고 인정했지만, 아무도 못 봤고 어떤 소리도 못 들었다고 주장했다. 나는 그 소년이 거짓말을 한다는 인상을 강하게 받았지만, 첫 신문 때는 굳이 캐묻지 않았다. 어린애들은 그럴듯하게 거짓말하지 않는다. 우리 어른들처럼 그럴싸한 거짓말을 연습할 시간이 없었으니까.

집사 풀과 요리사인 밴팅 부인은 마구간 구역의 단층집에 따로 살았다. 미클도어는 하인들이 자기 집에서 자는 걸 싫어했다. 다른 하녀 세 사람은 임시로 일하러 온 마을 여자들이었기에 만찬 후 자기 집으로 돌아갔다. 밴팅 부인은 식료품 저장고에 칠면조와 크리스마스 푸딩을 넣어두고 11시에 자기 방으로 떠났고, 그때 풀도 함께 갔다. 밴팅 부인은 크리스마스 당일 음식 준비를 위해 오전 6시에 돌아왔고 풀은 아침 차 쟁반을 나르려고 7시에 도착했다. 두 사람 모두 푹 잤다고 주장했고 집 열쇠를 누구한테도 내준 적이 없다고 맹세했다.

총소리를 들은 사람이 아무도 없었다. 터빌 부부는 귀가 어두웠고, 미스 벨사이즈는 아마 반은 술에 취하고 반은 약에 취했을 테고, 어린 소년은 푹 잤고, 미클도어의 방문은 묵직한 참나무 문이었다. 아무리 그래도 어딘가 이상했다.

내가 처음 용의자로 생각한 사람은 헨리 콜드웰이었다고 인정해야겠다. 이런 살인엔 대담함이 필요했고, 그는 무척 대담했다. 나는 그가 처형되는 것보다 더 유용한 방식으로 조국에 쓰일 인재란 건 알았으나, 만약 유죄로 밝혀진다면 전시라 하더라도 그는 사형당할 것이었다. 하지만 나는 특별히 한 가지 사실이 혼란스러웠다. 헨리 콜드웰의 어머니는 1934년에 죽었다. 어머니의 복수를 원했다면 왜 5년이나 걸렸을까? 하필이면 왜 이번 크리스마스여야 했을까? 이해가 되지 않았다.

소년을 제외하면 그날 밤 자기 방을 떠난 적이 있다고 인정한 사람은 헨리 콜드웰과 메이크피스뿐이었다. 메이크피스는 1시 직후 침대 옆 전화기가 울려서 깨어났다고 했다. 미클도어는 밤중에는 절대로 전화를 받지 않기 때문에 비서인 그녀의 방에 전화기 연장선이 설치되어 있었다. 전화는 마을의 공습감시원인 빌 소어스가 걸었는데, 저택 1층 창문 한 곳에서 띠 모양 빛이 새어 나온다고 불만을 제기했다. 메이크피스는 콜드웰을 깨웠다. 두 사람은 전등을 든 채 부엌 구역의 옆문 빗장을 풀고 함께 밖으로 나가 빛이 어디서 새어 나오는지 찾았다. 그리고 나머지 창문도 제대로 등화관제 규칙을 지켰는지 단속했다.

그 후에 두 사람은 그때까지 대형 홀에 남아 있던 디캔터에서 위스키를 조금 따라 마셨고(나이트가운 차림으로 돌아다니기엔 몹시 추운 밤이었다) 내친김에 체스를 한판 두기로 했다. 내가 보기엔 약간 이상했지만, 그때쯤 두 사람은 잠이 말짱하게 깨버린 바람에 다시 자러 갈 마음이 전혀 없었다고 말했다. 둘 다 체스 실력이 뛰어났기에 편안한 분위기에서 한판 겨룰 기회가 반가웠다. 누가 먼저 게임을 제안했는지는 기억하지 못했지만, 둘 다 3시 직전 게임을 끝내고 남은 시간은 각자 방으로 돌아가 지냈다고 했다.

이 대목에서 나는 두 사람이 걸려들었다고 생각했다. 나 역시 적절히 체스를 즐기는 편이어서 두 사람을 방 반대쪽에 따로 앉게 한 다음 말을 어떻게 움직였는지 기억하는 만큼 적어보게 했다. 메이크피스가 흰말을 잡았고 폰을 킹 쪽으로 4칸 움직이는 수로 게임을 시작했다. 콜드웰은 시실리안 방어법으로 대응했다.

약 90분 후에 흰말이 폰을 퀸으로 만들면서 검정말이 항복했다. 두 사람 모두 말이 어떻게 움직였는지 상당히 많은 것을 기억했고 결국 나는 체스를 실제로 두었다고 인정해야 했다. 콜드웰은 대담한 사람이었다. 하지만 자신이 죽인 사람이 위층에서 아직 채 식지 않은 시신으로 누워 있는 동안 복잡한 체스 게임을 할 만큼 대담했을까?

또 빌 소어스가 걸었다는 전화 역시 사실이었다. 그가 마을 공중전화로 저택에 전화를 거는 동안 내가 바로 그 옆에 있었다. 우리는 자정 예배 후에 함께 교회 밖으로 나왔고 즉시 거슬리는 불빛을 보았다. 신도 대다수가 함께 목격했다. 그리고 언제나 꼼꼼한 빌은 순간 자기 손목시계를 보았다. 그가 영주 저택에 전화를 건 시간은 1시 6분이었다.

오후 4시 30분, 나는 마침내 저택을 떠나 경찰서장에게 보고하러 갔다. 당시는 구식 서장들이 재직하던 시대였다.

대학의 특채 입학자나 경찰대 지식인 출신은 아예 없었다. 나는 월퍼드 대령을 정말 좋아했다. 아버지가 이프르 전투에서 전사한 후로 나는 그를 아버지 대신으로 여겼던 것 같다. 서장은 아내가 나를 맹렬히 타오르는 난로 앞에 앉히고 직접 만든 크리스마스 케이크와 차를 대접할 때까지 살인 사건 이야기는 꺼내지도 않았다. 서장은 말없이 내 설명을 듣고 나서 말했다.

"터빌 소령과 통화했네. 나무랄 데가 없더군. 신사의 모범 자체야. 소령은 이 일이 해결될 때까지 자신은 재판석에 앉으면 안 된다고 생각하더군. 나도 그 말에 동의하네."

"예, 서장님."

"그런데 이상한 게 말이야, 소령한테는 말하지 않았지만, 도대체 터빌 부부는 그 저택에서 뭘 하고 있었을까? 그런 크리스마스 초대는 받아들이기 쉽지 않지 않나? 소문이 정확하다면 미클도어는 가격을 속이고 부부에게서 그 저택을 뺏어 가다시피 했는데, 두 사람은 그와 한 지붕 아래서 크리스마스를 보내기로 했단 말이지. 정말 이상해. 터빌 부인의 수상한 반응도 그렇고. 자넨 아직 부인을 신문하거나 그 방을 수색하지 못했나?"

"매케이 의사가 진찰부터 하고 저를 방에 들였습니다.

부인은 당연히 동요했지만 완벽할 정도로 차분했습니다. 10시 55분에 라디오로 드보르작의 현악사중주를 듣고 곧바로 잠들었고(부부는 트윈 침대에서 따로 잤습니다) 남편이 살인사건 소식을 접하고 부인을 깨울 때까지 계속 잤다고만 말했습니다."

"그런데 소식을 듣고 꽤 충격을 받았다? 별로 그럴 것 같지 않아. 특히 메리 터빌 같은 사람은 말이지. 사냥터에서 터빌 부인을 본 적이 있나?"

"없습니다."

"물론 그때는 지금보다 젊었지. 다른 세상이었어. 하지만 터빌 부인은 직접 보지도 않은 시체 때문에 충격을 받을 사람은 아니네."

나는 아무 말도 하지 않았다. 그러나 서장은 내가 어떤 생각을 하는지 추측한 것 같다. 부인은 시체를 봤을 수도 있다고, 어쩌면 최초로 시체를 본 사람일 수도 있다고, 더 이상 미클도어가 아닌 시체가 되어버린 그 순간에 봤을 수도 있다고. 서장이 말을 이었다.

"그리고 그 비서 겸 가정부 말이야. 그 여자는 왜 그 집에 머무르지? 소문을 들어보면 미클도어가 그 여자를 노예 부리듯 한다는데."

"저도 그게 의심스럽습니다, 서장님. 그 여자는 지나치게 유용한 인력입니다. 저택 관리까지 도맡는 일급 비서를 찾기가 쉽지 않지요."

"설사 있다고 해도 합리적이진 않지."

"그 문제에 관해서는 꽤 솔직하게 말했습니다. 병든 어머니가 있는데 미클도어가 요양원 비용을 댄다더군요."

"거기에 보수도 넉넉하게 주겠지, 당연히."

우리가 미클도어에 관해 현재시제로 대화를 나눈다는 게 왠지 이상했다.

"그리고 글로리아 벨사이즈가 있지. 그 여자는 무슨 일로 그 저택까지 온 건가?"

나는 질문에 대한 대답을 알았다. 크리스마스 양말 속에 대답이 들어 있었다. 작년 선물은 다이아몬드 팔찌였고 올해 선물은 에메랄드 버클이었다. 그녀는 선물에 대한 감사 인사를 하려고 충동적으로 미클도어의 방에 들어갔다가 죽은 미클도어를 발견했다고 진술했다. 서장이 내게 케이크 한 조각을 더 잘라주었다.

"우리가 교회에서 나왔을 때 함께 목격했던 그 불빛 말이야. 그게 자기 부주의라고 인정한 사람이 있었나?"

"2층 뒤쪽 욕실에서 나오는 빛이었습니다. 찰스 미클도어만이 한밤중에 화장실에 다녀왔다고 인정했습니다. 들판을 내다보려고 커튼을 열어봤을지도 모른다고 말했지만, 확신할 수는 없다고 했습니다."

"기억이 흐릿하다니, 거참 이상한 일이군. 하지만 크리스마스이브였으니까, 흥분했겠지. 참 이상한 집이야. 빅터 미클도어가 산타클로스 노릇을 했다는 건 정말 말도 안 돼. 산타클로스를 직접 본 사람은 그 소년뿐이라고 했지?"

"직접 봤다고 인정한 유일한 사람입니다."

"그럼 그 애가 결정적인 목격자로군. 그 애가 자기 삼촌을 알아봤다고 하던가?"

"확실하지는 않답니다. 하지만 그 애는 산타클로스가 미클도어가 아니라는 생각은 단 한 번도 하지 않았다더군요. 또 그 애가 받은 선물이 원래 헨리 콜드웰에게 주려던 것이었다는 정황도 있습니다. 메이크피스가 방을 바꿔달라고 했던 사실은 소년과 콜드웰만 알고 있었답니다."

"그 말은 산타클로스가 누구였든 간에 방이 바뀐 사실을 몰랐다는 말이군. 아니면 우리가 그렇게 믿도록 의도되었든가."

"제가 이해할 수 없는 점은 왜 총을 시체 옆에 놔두거나 서랍 속에 돌려놓지 않았느냐 하는 겁니다. 총을 가져가 감춘 이유가 뭐였을까요?"

"어쩌면 그 총이 진짜 무기였는지 의문을 품게 하려는 의도였을지도 모르지. 총을 발견할 때까지는 증명할 수가 없지 않나. 아직도 지난 전쟁에서 썼던 총들이 많이 돌아다닌다네. 생각해보면 손더스도 자기 삼촌이 전쟁에서 썼던 총을 가지고 있어. 지난달 우리가 민방위에 대해 논의하는 자리에서 손더스가 직접 그렇게 말했네. 아, 잊고 있었는데, 손더스에게도 총이 있어!"

"지금은 없습니다, 서장님. 제가 크리스마스 크래커에 관해 물어보려고 손더스 부부를 찾아갔을 때 저도 총에 관해 물어봤습니다. 딸아이가 죽은 후 무기를 없애버렸다고 했어요."

"왜 그랬다던가?"

"미클도어를 쏴버리고 싶은 충동이 너무 커질까 두려웠다고 했습니다."

"꽤 솔직하군. 총은 어떻게 했다던가?"

"포터스 저수지에 던져버렸답니다."

"지금쯤 진흙 밑에 깊이 박혀 있겠군. 아주 편리한 대답이야. 누구도 포터스 저수지를 훑어서 물건을 찾은 적이 없으니까. 그래도 시도해보는 게 좋겠네. 어디에서 왔든 우리에겐 그 총이 필요해."

손더스 부부와의 신문은 전혀 즐겁지 않았다. 온 마을이 윌과 에드나 두 사람을 존경했다. 부부는 점잖고 열심히 일하는 사람들로 외동딸을 몹시 아꼈다. 우리는 꽤 친한 사이였는데, 나는 부부가 딸 도로시를 치어 죽이고 달아난 뺑소니 다임러 운전자를 잡지 못했다는 사실 때문에 우리 경찰에게 울분을 품고 있음을 알았다.

노력이 부족했던 것은 아니었다. 미클도어가 용의자라는 건 우리도 알고 그들도 알았다. 그는 이 근처에서 다임러를 소유한 유일한 사람이었고 사고는 영주 저택에서 나오는 좁은 골목길에서 일어났다. 그러나 그의 자동차에 눈에 띄는 흔적이 없었고 집사 풀이 맹세코 다임러가 차고를 떠난 적이 없다고 진술했다. 우리는 혐의를 증명하는 증거를 확보하지 못해 그를 체포할 수 없었다.

그런 이유들로 나는 부부의 신문을 교묘하게 처리해야 했다. 내가 도착했을 때 부부는 이제 막 교회에서 돌아온 참이었다. 다 같이 깔끔한 그 집 거실에 앉았고 손더스 부인이 난롯불을 피웠다. 그러나 부부는 예전처럼 내게 마실 것을 내오지 않았고, 내가 빨리 떠나기만 바란다는 것을 알 수 있었다.

내가 아는 게 또 하나 있었다. 미클도어 살인사건은 부부에게 새로운 소식이 아니었다. 그 집에는 전화가 있었고 (손더스는 마을 택시를 운영했다) 저택에 있는 누군가가 전화로 미리 경고해주었다. 그게 누군지도 알 것 같았다. 메이크피스와 에드나 손더스는 대학 시절부터 알고 지낸 오랜 친구였다.

부부는 크리스마스 크래커와 그 안에 든 메시지에 관해 전혀 아는 바가 없다고 말했다. 손더스 부인이 캐럴을 부르고 돌아간 후에 두 사람은 난로 옆에서 라디오를 들으며 저녁 시간을 보냈다. 9시 뉴스를 들었고, 9시 15분에 〈로빈슨 크루소〉를 들었으며, 10시에 〈블랜딩스에 잇따르는 범죄〉를 들었다. 손더스 부인은 특히 우드하우스가 쓴 드라마를 듣고 싶어 했는데, 출연 배우 글래디스 영과 찰턴 홉스를 아주 좋아하기 때문이었다.

부부는 9시 뉴스에 어떤 내용이 나왔었는지 내게 말해주었다. 잠수함 우르술라호의 장교들과 병사들이 상을 받았고, 더블린에 IRA의 대규모 공격이 있었으며, 교황의 크리스마스 메시지가 나왔다. 나는 부부를 결정적인 시간으로 유도했다. 부부는 12시 45분에 끝난 〈다운사이드의 경건한 자정 미사〉를 들었고 그 후 자러 갔다고 했다. 심지어 어떤 음악이 나왔는지도 설명할 수 있었다. 그렇다고 두 사람 모두 라디오를 들었다는 뜻은 아니었다. 미클도어의 가슴에 총알을 박아넣으려면 한 사람의 손만 있으면 됐다.

나는 그 선물 쪽으로 생각을 돌렸다. 서장이 말하고 있었다.

"크리스마스 크래커는 틀림없이 캐럴을 부르러 온 사람 중 한 명이 집 안에 들여왔을 거야. 하지만 하우스 파티 초대 손님 가운데 누가 가져다놓았을 가능성도 없다고 생각하지는 않아."

"출입문 근처에 있었던 사람만 가능합니다."

"둘 중 하나든 둘 다든 손더스 부부가 미클도어를 쏘아 죽였다면, 반드시 공모자가 있었을 거야. 부부는 집 안 어디에 크리스마스 크래커가 있는지 몰랐을 테니까. 또 누가 안에서 문을 열어주지 않았다면 집 안으로 들어올 수도 없었겠지."

"부엌 쪽 옆문 빗장이 풀려 있었습니다. 헨리 콜드웰과 메이크피스가 불빛이 새어 나오는 창문을 확인하는 동안에요. 그때가 대략 1시 10분이었습니다."

"하지만 살인자는 그 문이 열릴 거라고 믿고 움직일 수는 없었을 거야. 물론, 미클도어 침실에 들어가는 일은 어렵지 않았겠지. 미클도어가 방문을 잠그지 않겠다고 선언한 점이

존경스럽네. 살해 시간은 분명 그가 선물을 배달 중인 동안 이었어. 다들 그의 방이 비어 있을 것을 알았지. 살인자는 몰래 방에 들어가 총을 손에 넣고 숨어서 기다렸어. 어디였을까?"

"커다란 옷장이 있습니다, 서장님."

"아주 편리하군. 그 토끼사냥 게임도 마찬가지야. 살인 자는 그 게임이 벌어지는 틈을 타서 크리스마스 크래커를 훔치고 총이 있는지도 확인하고 칼을 고를 수도 있었어. 어디에 있어도 의심을 받지 않았겠지. 심지어 다른 사람 침실에 가 있어도 말이야. 어른들이 하기엔 좀 바보 같은 놀이야. 대체 누가 하자고 했을까?"

"미클도어입니다. 그 가족에겐 크리스마스 때마다 하는 전통이었답니다."

"그렇다면 살인자는 그 게임이 벌어질 걸 알고 있었겠군. 그저 칼과 크리스마스 크래커를 손에 넣고 몸에 숨겼다가 자기 방에 숨기기만 하면 됐겠어."

"미스 벨사이즈는 쉽지 않았을 겁니다. 몸에 꼭 맞는 이 브닝드레스를 입고 있었거든요. 게다가 그 여자가 부엌에서 이리 뛰고 저리 뛰는 모습은 잘 상상이 안 됩니다."

"그렇다고 그 여자를 용의선상에서 빼지는 말게. 자네가 서재에서 발견한 그 유언장에 여전히 효력이 있다면 그 여자는 2만 파운드를 상속받게 되니까. 메이크피스도 마찬가지지. 집사 풀은 1만 파운드를 받는다지? 사람들은 그보다 훨씬 적은 액수 때문에라도 살인을 저지를 수 있다네. 아, 그리고 그 집에 다시 찾아가는 게 좋겠어. 우린 반드시 그 총을 찾아야 하니까."

우리는 정말로 그 총을 찾았다. 그러나 서장과 내가 상상할 수 있었던 것보다 훨씬 놀랍고 극적인 방식으로 찾았다.

찰스 미클도어

크리스마스 당일을 보내는 데, 경찰에게 신문을 당하는 것, 특히 끈질기게 냉담한 비난의 눈초리로 쳐다보는 포팅어 경감에게 신문을 당하는 것보다는 더 즐거운 방법이 있을 것이다. 나는 충동적인 기사도 정신을 발휘해 터빌 부인을 지키기로 마음먹었다. 밤중에 터빌 부인과 그 남편을 목격한 일에 대해 거짓말했다. 산타클로스의 방문을 설명할 때도 일부러 모호하게 말했다. 포팅어 경감을 어디까지 속일 수 있을지 확신할 수 없었지만, 거짓말은 연습이 필요하다. 그리고 사건이 막바지에 이르렀을 무렵에는 거짓말을 더 잘하게 되었다.

신문은 끝이 없었다. 헨리 콜드웰은 심지어 크리스마스 만찬 도중에 서재로 호출당했다. 불편한 ▩▩였다. 살인 현장이 발견되었을 때는 밴팅 부인이 이미 오븐에 거대한 칠면조를 넣은 후였기에 다들 어차피 만든 음식을 먹는 게 좋겠다고 생각했다. 그러나 콜드웰이 크리스마스 푸딩과 비▩한 죽음이 섞이는 것은 도저히 참을 수가 없고 소화가 안 될 거라고 하도 단호하게 말해서 크리스마스 푸딩은 다음 해 크리스마스까지 보관해두기로 했다. 우리는 대신 민스파이를 먹었다. 나는 어려서 식욕이 왕성했기에 어른들이 미지근한 칠면조를 이리저리 찔러대기만 하고 방울양배추도 조각조각 찢기만 하는 동안 혼자 즐거움을 숨기지 못하고 맛있게 먹었고, 이 사실을 깨닫자 당황했다.

나중에 풀이 홀로 커피를 내왔고, 우리는 조용히 국왕의 3시 방송을 들었다. 1939년 국왕은 한 해의 문 앞에 서서 미지의 세계로 자신을 인도할 빛을 구하는 남자에 관한 인용문으로 연설을 끝냈다. 그 후로도 여러 번 그 인용문을 들어봤지만, 국왕이 느리고 조심스러운 목소리로 전달한 1939년의 크리스마스처럼 통렬하게 들렸던 적이 없다.

오후 4시 30분, 포팅어 경감이 수색을 계속하라고 경사를

남겨두고 저택을 떠났을 때 다들 안도했다. 풀이 나를 내오
면서 경감이 경찰서장에게 사건을 보고하러 갔다고 알려주
었다. 풀은 자신만의 비밀스러운 방법으로 경찰이 앞으로
뭘 어떻게 할 예정인지 알아냈다.

그러나 우리의 평화는 그리 오래가지 못했다. 7시 직전
경감이 돌아왔다. 그가 다급하게 현관문을 두드리는 소리
가 마치 파멸의 기척처럼 홀까지 들려왔다. 풀은 평소의
건방진 태도로 경감을 집 안에 들였고 나는 동석자들이 불
안과 의문이 뒤섞인 눈빛으로 경감 쪽을 돌아보는 것을 보
았다.

일찍부터 음료 쟁반이 나왔고 글로리아 벨사이즈는 자
신과 콜드웰이 마실 칵테일을 소리 나게 섞고 있었다. 그녀
는 이미 술을 마시고 있었던 모양으로, 경험이 없는 내가
봐도 벌써 반쯤 취해 있었다. 경감이 무신경하게 "안녕하십
니까?"라는 인사를 끝내기도 전에 벨사이즈가 손에 든 유
리잔을 치켜올렸다.

"우리 마을 푸아로 탐정께서 회색 뇌세포를 짤가닥거리
고 계시는군요. 하지만 수갑이 없네요. 이 가엾은 벨사이즈
를 체포하러 오셨나요?"

콜드웰이 조용히 그녀에게 다가갔다. 나는 그가 다급하

게 그녀에게 속삭이는 소리를 들었다. 하지만 그녀는 깔깔 웃으며 크리스마스트리 쪽으로 걸어갔다. 그녀가 갑자기 장식물을 뽑아내더니 콜드웰 쪽으로 마구 던지기 시작했다. 반짝이 술 장식이 터빌 그레이스 성모상에 걸렸지만, 웬지 터빌 부인은 신경 쓰지 않았다. 벨사이즈가 큰소리로 외쳤다.

"여러분, 선물 시간이 돌아왔어요. 우린 늘 7시에 크리스마스트리에서 각자 선물을 가져갔잖아요. 전통을 어기면 안 되죠. 빅터가 싫어할걸요? 풀, 여기 당신 선물 하나, 밴팅 부인 선물 하나. 받아요!"

벨사이즈가 크리스마스트리에서 포장된 꾸러미를 꺼내 풀 쪽으로 던졌다. 풀이 무표정하게 "감사합니다."라고 말하고는 선물을 협탁 위에 올려놓았다. 콜드웰이 다가가 벨사이즈의 팔을 붙잡았다. 그러나 그녀는 팔을 잡아 빼고 다른 선물을 붙잡았다.

"이건 자기 거야. 빅터가 여기 자기 이름을 써놨어."

콜드웰의 목소리는 얼음처럼 차가웠다. 그가 그런 냉혹한 말투로 말하는 걸 처음 들었다.

"놔둬요. 지금은 선물을 뜯어볼 시간이 아닙니다. 제 선물은 나중에 집에 가져가겠어요."

"분위기 깨지 마, 자기! 자기도 선물이 뭔지 보고 싶잖아. 내가 대신 열어줄게."

돌이켜보면 무척이나 불길하게 느껴지는 절대적인 침묵이 찾아왔다. 어쩌면 44년이나 지난 지금 상상에 불과할지도 모르지만, 방 전체가 얼어붙은 것처럼 숨을 죽이고 벨사이즈가 현란한 크리스마스 포장지를 찢는 모습을 지켜보았다. 안에서 붉은색과 노란색 주름 종이로 감싼 것이 나왔다. 분명히 그 크리스마스 크래커에서 나온 종이일까? 물건은 커다란 리넨 손수건 두 장으로 둘둘 말려 있었다. 하지만 그게 전부가 아니었다. 벨사이즈가 손수건을 풀어보더니 헉하고 숨을 멈추고 날카로운 비명을 내질렀다. 그녀의 손이 벌어지고, 마침내 발견된 권총이 포팅어 경감의 발치에 둔탁한 소리를 내며 떨어졌다.

권총이 발견된 후 분위기가 미세하게 바뀌었다. 그전에는 우리끼리 편안한 마음으로 콜드웰과 메이크피스가 창문 불빛을 확인하러 나간 사이 외부인이 빗장 풀린 옆문으로 몰래 침입했다는 가설을 열띠게 발전시켰다. 그 낯선 사람이 서재를 살피다가 크래커를 발견했고 경멸을 표현하는 기이한 방식으로 칼을 이용해 시체에 협박의 메시지를 꽂아둔 거라고 여겼다.

이제 살인자가 외부인이라고 믿기엔 마음이 편하지 않았다. 우린 무슨 말을 하게 될지, 어떤 암시를 주게 될지 두려워 살인에 관한 토론을 중단하고 서로 눈치를 살폈다. 갑자기 폭삭 늙어버린 노파처럼 변해버린 터빌 부인이 애써 나를 위로하고 달래주었다. 살인사건의 코앞에서 느낀 수치스러운 흥분을 음미했고, 끝내 그 흥분을 떨쳐내지 못한 나는 내가 부인의 배려를 받을 필요도 없고 받을 자격도 없다는 사실을 부인이 몰라서 다행이라고 생각했다. 경찰 신문이 계속되었고, 더 엄격하고 집요해졌다. 마침내 포팅어 경감이 떠났을 때 전부 기진맥진 녹초가 되어 일찍 자러 갈 핑계가 생겨 기쁠 지경이었다.

밤 10시에 누군가가 내 방문을 두드렸다. 심장이 쿵 내려앉았다. 얼른 침대에서 내려와 속삭였다.

"누구세요?"

끈덕진 노크 소리가 또 들렸다. 나는 조심스럽게 문을 열었다. 벨사이즈가 공포와 추위로 덜덜 떨며 옆걸음질로 들어왔다.

"찰스, 내 방에서 자면 안 되겠니? 거기 커다란 안락의자가 있어. 네 오리털 이불을 가져와도 좋고. 너무 무서워서 혼자 못 있겠어."

"문을 잠그면 안 돼요?"

"자물쇠가 없어. 그리고 내가 의식이 없는 사이 그 사람이 올까 봐서 수면제도 못 먹겠어."

"누가 온다는 거예요?"

"당연히 살인자지."

기사도 정신을 자극하는데 열여섯 살짜리가 어떻게 거절할 수 있겠는가? 상대의 부탁에 우쭐해지고 같이 있는 것도 나쁘지 않아서 나는 종종걸음으로 벨사이즈를 따라 복도를 지나갔다. 우리는 문 앞에 무거운 안락의자를 밀어놓았고 나는 그 안에 편안하게 자리를 잡았다. 침대 옆 탁자의 램프에서 흘러나온 빛이 그녀의 금발을 비추니 방은 이상하게 아늑했다. 우리는 공모자들처럼 속삭이며 말했다.

"경찰은 빅터가 내 수면제를 먹고 취해서 잠든 사이에 총에 맞았다고 생각해. 포팅어 경감이 수면제가 없어지지 않았냐고 계속 물어봤어. 내가 어떻게 아니? 메이페어의 주치의는 내가 달라는 대로 수면제를 준단 말이야. 여기 침대 옆 서랍에도 한 통이나 있어. 누구라도 가져갈 수 있단 말이지. 몇 알인지 일일이 세어보지 않거든."

"하지만 삼촌이 수면제 맛을 느끼지 않았을까요?"

"위스키에 타면 못 느껴. 나도 못 느껴봤어."

그녀가 팔꿈치를 괴고 내 쪽으로 몸을 기울였다.

"풀은 어떻게 생각해? 풀의 짓일지도 몰라. 풀은 빅터가 손더스 집안의 아이를 죽였다는 사실을 알거든. 다임러가 차고를 떠난 적이 없다고 거짓말했어. 어쩔 수가 없었지. 빅터가 풀의 약점을 잡았으니까."

"어떤 약점이요?"

"풀은 어린 여자애들을 성폭행한 일로 감옥에 있었어. 그 사실이 알려지면 마을에서 쫓겨날걸. 그런데 빅터가 죽어버렸으니 풀 입장에선 얼마나 편리해? 빅터는 유언장을 바꿀 생각을 하고 있었거든. 널 여기 초대한 것도 유언장 때문이야. 네가 마음에 들면 자기 후계자로 삼고 나머지 우리는 내칠 생각을 하고 있었어."

그렇다면 마침 삼촌이 죽어버려서 벨사이즈의 입장 역시 편리하지 않은가 나는 생각했다.

"유언장에 관해서는 어떻게 알아요?"

"빅터가 알려줬지. 그 사람은 날 괴롭히는 걸 몹시 즐겼거든. 끔찍할 만큼 잔인해질 수 있었지. 사람들 말로는 빅터가 자기 아내를 너무 괴롭혀서 자살하게 몰았대."

벨사이즈는 이미 수면제를 삼킨 다음이라 목소리가 점점 흐릿해졌다. 잔뜩 귀를 세워야 그녀의 말을 알아들을 수 있었다.

"그리고 터빌 부부도 수상해."

"터빌 부부가 왜요?"

내 목소리가 마음을 드러내고 말았다고 깨달았다. 벨사이즈가 졸린 목소리로 웃었다.

"넌 터빌 부인을 좋아하지? 다들 좋아해. 완벽한 숙녀야. 이 글로리아 벨사이즈와는 다른 사람이지. 친애하는 터빌 부부는 왠지 지켜줘야 할 것 같지. 하지만 그들도 뭔가가 있어. 부부 방문이 살짝 열려 있었거든. 귀가 어두운 사람들은 자기들이 얼마나 큰 소리로 속닥거리는지 잘 몰라. 소령이 그러더라고. '우리는 이 일을 해내야만 해, 여보. 돈도 이미 썼고 계획도 아주 신중하게 세웠잖아. 아주 신중하게.'"

벨사이즈의 목소리가 점점 흐려지더니 이내 조용해졌다.

어떤 일에 어떤 돈을 썼을까? 나는 거기 누워 낮게 갈라지는 벨사이즈의 숨소리를 들으며 곰곰이 생각했다. 잠이 말짱하게 깬 상태로 예사롭지 않은 그해 크리스마스에 벌어진 모든 일을 되살려보았다. 마스턴 역에 도착했던 일, 차를 타고 어둑해지는 마을을 조용히 지나왔던 일, 창문 밖으로 색종이로 만든 크리스마스 사슬 장식이 비쳐 보였던 학교를. 상대를 판단하는 삼촌의 검은 얼굴을 처음 마주했던 순간을. 캐럴을 부르려고 암막 커튼 아래를 가만히 지나갔던 마을 사람들을. 토끼사냥 게임을. 내 침대 발치에 말없이 서 있던 산타클로스의 형체를. 빅터 삼촌 침대 옆에 서서 기괴한 복장의 비현실적인 시체를 자세히 뜯어보던 나를. 터빌 부인 방에서 낡은 구식 글래드스톤 가방을 들고나왔던 의사 매케이를. 벨사이즈가 집어 던져 터빌 그레이스 성모상에 걸린 크리스마스 장식 띠를. 포팅어 경감의 발치에 쿵 하고 떨어진 권총을.

다양한 이미지들이 카메라 플래시처럼 내면의 눈 속에서 펑 하고 터졌다. 그리고 혼란스럽게 마구 섞였던 잡다한 장면들과 소리가 갑자기 일관된 하나의 그림으로 융합되었다. 잠들기 전 나는 무엇을 어떻게 해야 할지 알았다. 다음 날 가장 먼저 포팅어 경감을 찾아가 말할 것이다. 그러고 나서 살인자와 대면할 것이다.

✳

먼저 포팅어 경감을 찾아가 할 말을 전달했다. 그리고 헨리 콜드웰을 찾아갔다. 그가 터빌 부부와 대형 홀에 있어서 나는 콜드웰과 단둘이 이야기를 나눌 수 있을지 물었다.

부부는 눈치 빠르게 일어나 조용히 밖으로 나갔다. 내가 말했다.

"당신인 걸 알아요."

당시 열여섯 살 소년은 지금의 내겐 낯선 사람이고 기억도 자기기만적이다. 그때의 나는 지금 내가 회상하는 것처럼 자신만만하고 확신에 차 있지는 않았을 것이다. 그러나 내가 무슨 말을 해야 할지는 분명히 알았다. 그리고 그가 어떤 모습으로 어떤 말을 했는지도 완벽하게 기억한다. 어떻게 잊을 수가 있겠는가?

콜드웰은 놀라지도 않고 조금 슬픈 표정으로 나를 침착하게 내려다보았다.

"어떻게 했는지 네가 말해볼래?"

"산타클로스가 내 양말에 당신 선물을 집어넣었을 때 흰 장갑을 끼고 있었어요. 살인자는 지문을 묻히지 않으려고 장갑을 껴야 했겠죠. 하지만 시신의 손에는 장갑이 없었고 침대 옆에도 장갑이 없었어요."

"그런데 왜 그 결정적 증거를 경찰에게 알리지 않았지?"

"터빌 부부를 지키고 싶었어요. 두 사람이 한밤중에 수상쩍게 몰래 돌아다니는 걸 봤거든요. 소령이 수건으로 둘둘 만 것을 들고 있었어요. 처음엔 그게 권총이라고 생각했죠."

"그런데 부부가 그 물건을 어떻게 없앨 수 있었을까? 포팅어 경감이 방을 전부 수색했는데?"

"터빌 부인이 아픈 척했어요. 아마 부인은 매케이 의사한테 진찰을 받은 후에 의사에게 총을 넘겼을 거예요. 의사는 글래드스톤 가방에 총을 담아서 나갈 수 있었을 테니까요."

"하지만 권총이 발견되자마자 네 추측이 틀렸다고 생각했구나. 터빌 부부에겐 죄가 없다고."

"그래서 간밤에 진실을 추리해봤어요. 매케이 의사가 뭔가를 가지고 집을 나간 건 맞아요. 그건 터빌 그레이스 성모상이었죠. 부부가 꾸민 일은 그거였어요. 아들을 지켜줄 거라고 믿는 진품을 챙기고 가짜 성모상으로 바꿔치기했죠. 부부는 아들이 전쟁터에 나가 있는 지금 간절하게 그 성모상을 되찾아야 했어요."

"그리고 이제 나를 제1용의자로 찍었단 말이지. 크리스마스 크래커를 내가 가져다놓았다고 생각해?"

"아니요. 캐럴을 부를 때 당신과 저는 나란히 서 있었어요. 당신은 출입문 근처에도 가지 않았어요. 대신 당신은 크래커를 이용해서 사건을 더 복잡하게 만들었어요. 그래서 크래커를 없애지 말고 보관해두자고 제안했죠. 크래커를 만든 사람은 손더스 부인이에요. 부인은 학교에서 학생들이 크리스마스 장식을 만들게 제공한 주름 종이를 가져올 수가 있었어요.

또 그 협박의 시가 본능적으로 철자와 구두점을 정확하게 지키는 사람이 썼다는 걸 알아챘어요. 그 시는 죽음의 협박이 아니었고요. 부부가 원한 건 그저 빅터 삼촌을 괴롭히고 크리스마스를 망치는 것 정도였죠. 딸의 죽음에 대한 사소하고도 애처로운 복수였어요."

"그래, 계속해봐. 지금까지는 아주 설득력이 뛰어나구나."

"당신은 우리가 토끼사냥 게임을 하는 동안 크래커와 부엌칼을 챙기고 벨사이즈의 수면제도 조금 훔쳤어요. 게임은 저택의 전통이에요. 삼촌이 그 게임을 할 것을 알고 있었죠. 또 방을 바꾸자고 한 것도 당신이었어요. 당신은 삼촌 방과 가까운 곳에 있고 싶었고, 또 내가 총소리를 들을지도 몰라서 가능한 한 멀리 떨어져 있길 바랐죠.

터빌 부부는 귀가 어둡고 벨사이즈는 수면제를 먹잖아요. 젊은 제 귀가 위험했겠죠. 하지만 그런 저도 두꺼운 커튼을 친 침대 안에 들어가 있으면 총소리를 들을 수 없을 거예요. 사실 폐소공포증도 없죠? 정말로 공포증이 있었으면 영국공군이 당신을 받아주지 않았을 거예요."

콜드웰을 올려다보았는데, 창백하고 잘생긴 그 얼굴은

여전히 침착했고 조금의 두려움도 보이지 않았다. 나는 다시 한 번 산타클로스가 그였다고 깨달았다. 이 집에서 삼촌과 키가 맞먹는 사람은 그뿐이었다.

콜드웰이 입을 열었을 때 그 목소리에는 거의 재미난다는 듯한 냉소가 배어 있었다.

"지금 멈추면 안 돼. 아직 흥미로운 대목에 도달하지 않았잖아?"

"당신은 삼촌과 단둘이 술을 마시던 때나 나중에 삼촌이 화장실에 간 사이에 삼촌 위스키에 수면제를 탔어요. 그리고 삼촌이 약에 취해 옷을 벗은 채로 침대에 누운 동안 삼촌의 총을 꺼내 발사했죠. 아마 12시 15분에서 30분 사이였을 거예요. 정확히 1시에 산타클로스 옷을 입고 용의주도하게 내 양말에 당신 선물을 집어넣었으니까요. 그런 다음 시체에 산타클로스 옷을 입히고 험악한 크래커 협박 메시지를 칼로 꽂았어요.

곧바로 전화가 걸려올 것을 알고 화장실 커튼을 살짝 옆으로 밀어놓은 것도 당신이었어요. 메이크피스가 당신을 깨우지 않았다면 그녀가 밖에서 돌아다니는 소리를 듣고 잠에서 깬 척했겠죠. 하지만 그녀가 당신을 깨운 건 자연스러운 선택이었어요. 그녀를 설득해 함께 체스를 둔 것도 어렵지 않았고, 덕분에 당신은 1시 이후의 시간 동안 결정적인 알리바이가 생겼어요."

그가 침착하게 말했다.

"축하한다. 넌 탐정소설을 써야겠구나. 혹시 모르는 게 있니?"

"예. 흰 장갑과 크래커에서 나온 죽음의 두개골 장식물은 어떻게 했어요?"

그는 희미하게 웃으며 나를 보더니, 허리를 숙이고 크리스마스트리 발치 주변의 탈지면 눈송이 속을 뒤졌다. 그 가운데서 아직도 반짝이 조각이 붙어 있는 탈지면을 둘둘 말아 만든 흰 공을 하나 꺼냈다. 그가 흰 공을 난롯불에 던져 넣었다. 솜뭉치를 집어삼킨 불꽃이 화르르 치솟았다.

"이럴 기회를 기다렸어. 자정이면 난롯불도 꺼질 테고 불을 다시 피울 때쯤엔 이 방에 사람들이 있을 테니까."

"두개골 장식물은요?"

"내년 크리스마스에 누군가는 이가 부러질 거야. 크리스마스 푸딩을 덮어놓은 면포와 납지를 들추고 6펜스 조각들 사이에 장식물을 집어넣었거든.* 내년에 장식물이 발견되

* 영국은 크리스마스 푸딩 반죽에 6펜스 동전을 넣고 소원을 빈 다음 푸딩을 먹을 때 동전을 발견한 사람에게 행운이 찾아온다고 믿는 풍습이 있다.

더라도 포팅어 경감이 손을 쓰기엔 너무 늦을 거야."

"총을 쏜 직후 주름 종이로 총을 감싸고 당신 이름이 붙은 크리스마스트리 선물 속에 숨겼군요. 글로리아 벨사이즈가 그토록 극적인 모습으로 권총을 발견하지 않았다면 저택을 떠날 때 선물을 들고 갔겠죠. 그래서 당신은 벨사이즈를 말렸던 거고요."

"이 대화에 목격자는 없어. 나는 널 믿는다. 하지만 네 생각만큼은 아니겠지."

나는 그의 얼굴을 똑바로 쳐다보았다.

"저도 당신을 믿어요. 5분 전에 포팅어 경감을 찾아가 결정적인 장면이 기억난다고 말했어요. 산타클로스가 내 양말에 당신 선물을 집어넣었을 때 그 손에서 황금 인장 반지를 분명히 봤다고요. 당신 손가락은 빅터 삼촌보다 훨씬 굵어요. 당신은 그 반지를 낄 수 없었을 거예요. 내가 거짓말을 고수한다면(그렇게 할 거예요) 경찰은 감히 당신을 체포할 수 없어요."

콜드웰은 내게 고맙다고 하지 않았다. 아무 말도 하지 않았다. 내가 외쳤다.

"하지만 왜 그랬죠? 왜 지금 와서, 올해 크리스마스에 그랬어요?"

"그는 내 어머니를 죽였어. 아, 물론 내가 증명할 수 있는 방식은 아니었지. 하지만 어머니는 그와 결혼하고 고작 2년 후에 자살했어. 늘 그를 파멸시키겠다는 생각을 품고 있었지만, 세월이 흐를수록 의지가 줄어들었지. 그런데 전쟁이 발발했어. 이 평온상태는 오래가지 않을 것이고, 불붙기 시작하면 살인에 관해서 평온상태 같은 것은 전혀 없을 거야. 나는 젊은 비행사들을 격추시키겠지. 나와 개인적인 원한 관계도 없고 평범하고 버젓한 독일인들을 말이야.

그럴 수밖에 없겠지. 그들도 할 수 있다면 나에게 똑같은 짓을 할 테고. 하지만 이제 죽어 마땅한 사람을 죽였으니 한결 참을 만할 거야. 나는 어머니에게 신의를 지켰어. 내가 세상을 떠나야 한다면 더욱 편안한 마음으로 떠날 수 있을 거야."

나는 해협을 향해 나선형으로 곤두박질치는 화염에 싸인 스핏파이어 전투기를 상상하며 그가 정말로 편안하게 떠났을지 생각해본다.

존 포팅어 경감

마스턴 터빌 저택 살인사건에 관한 내 의견을 찰스 미클도어에게 우편으로 보냈지만, 그가 왜 내 설명을 원하는지는 모르겠다. 사건 수사는 성공적이지 못했고 나는 범인을 체포하지 못했으며 지금껏 미제사건으로 남았다. 그 소년이 삼촌의 손가락에서 반지를 봤다고 증언한 순간부터 콜드웰을 향한 내 의심은 무너졌다. 의학적 증거상 미클도어는 새벽 3시 전에 죽었는데, 그 시간에 콜드웰과 메이크피스는 체스 게임을 끝냈다. 콜드웰은 선물 배달과 공습감시원의 전화 사이 몇 분 동안 총을 쏘고 그 모든 일을 처리할 수가 없었다.

콜드웰의 알리바이는 확실했다.

터빌 부부는 당일치기로 런던에 방문했던 날 V2 로켓 폭격으로 사망했다. 빠르게, 그리고 함께 죽은 건 그들이 원했던 방식이었을 것이다. 그러나 터빌 가문은 지금도 그 영주 저택에 산다. 부부의 아들은 전쟁에서 살아 돌아왔고 조상의 저택을 되샀다. 그의 손자들이 산타클로스 살인사건 이야기를 듣고 크리스마스이브마다 겁에 질릴지 궁금하다.

집사 풀도, 미스 벨사이즈도 유산의 혜택을 오래 누리지는 못했다. 벨사이즈는 벤틀리를 한 대 샀고 음주운전 중에 죽었다. 집사 풀은 마을에 집 한 채를 사서 신사 놀음을 했다. 그러나 1년도 안 되어 어린 소녀들을 상대로 고질적인 악행을 저질렀다. 그를 체포하러 갔다가 차고에서 빨랫줄로 목을 매고 질식사한 그를 발견한 사람이 바로 나다. 공식 사형집행인이 일을 처리했다면 더 깔끔했을 것이다.

가끔 어린 찰스 미클도어가 그 반지에 관해 거짓말을 하지는 않았을까 생각해본다. 이제 연락이 닿았으니 그에게 직접 물어보고 싶은 마음도 든다. 그러나 40년도 더 된 일이고 오래된 범죄, 오래된 이야기다. 그리고 만에 하나 헨리 콜드웰이 정말로 이 사회에 빚을 졌다고 해도 그는 그 빚을 결국엔 완전하게 갚았다.

묘지를 사랑한 소녀

THE GIRL WHO LOVED GRAVEYARDS

그녀는 글래디스 숙모와 고든 삼촌에게 이끌려 이스트 런던 알마 테라스 49번지의 작은 집으로 왔던 1956년의 뜨거웠던 8월에 대해 아무것도 기억할 수 없었다. 열 번째 생일이 사흘 지났고 아버지와 할머니가 독감에 걸려 일주일도 안 되는 간격으로 세상을 떠난 뒤 살아 있는 유일한 친척 손에 크게 될 것이라는 사실만 알았다.

　그러나 그런 사실도 어느 시기에 누군가가 짤막하게 들려준 말들에 불과했다. 이전의 삶에 대해서는 아무것도 기억하지 못했다. 생의 첫 10년은 텅 비어버렸고, 점점 희미해지면서 마음에 분명치 않은 어린애의 불안과 공포의 흔적만을 남긴 꿈처럼 비현실적이었다. 그녀에게 어린 시절과 기억은 모두 새끼고양이 까망이가 침대 발치 수건 위에 몸을 말고 잠든 조그맣고 낯선 방에서 깨어나는 순간부터 시작된다.

그녀는 맨발로 창가로 걸어가 커튼을 열었다. 그 아래에 이른 아침 빛을 받아 신비롭게 빛나는 묘지가 펼쳐져 있었다. 철제 난간을 두른 묘지는 알마 테라스 뒤쪽으로 좁은 길 하나만을 사이에 두고 떨어져 있었다. 온화한 날이었고 빽빽하게 줄지어 선 묘비들 위로 옅은 안개가 깔렸다.

이따금 오벨리스크와 대리석 천사들의 날개 끝만 안개를 뚫고 솟았고 반짝이는 빛의 입자 위로 천사의 머리가 몸과 분리되어 부유하는 것처럼 보였다. 묘지에 매혹당한 그녀가 미동도 없이 내려다보는 동안 안개가 슬슬 걷히더니 묘지 전체가 그녀 앞에 모습을 드러냈다. 기적 같은 돌과 대리석이, 밝은 풀잎과 여름이 한창인 나무들이, 화려한 꽃으로 장식한 무덤들과 시선이 닿는 곳까지 한껏 뻗으며 엇갈리는 오솔길이 나타났다. 저 멀리 빅토리아 시대 예배당의 뾰족탑이 오래전 잊어버린 옛이야기 속 마법의 성 첨탑처럼 희미하게 반짝이는 게 보였다.

경이로움이 점점 커지며 그녀는 자신이 기쁨으로 떨고

있음을 깨달았다. 너무도 오랜만에 느끼는 감정이 통증처럼 가냘픈 몸을 훑고 지나갔다. 과거는 텅 비고 미래는 아직 모르는 채 두려운 마음으로 맞은 새 삶의 첫 아침에 그녀는 묘지를 자신의 것으로 삼았다. 어린 시절과 청소년 시기내내 이곳은 기쁨과 신비의 장소, 피난처이자 위안이 되어줄 것이다.

사랑이 없는, 애정도 거의 없는 어린 시절이었다. 고든 삼촌은 아버지의 이복형이었는데, 그것도 역시 전해 들은 말이었다. 삼촌과 숙모는 사실 그녀의 친척이 아니었다. 그들이 가진 소소한 용량의 사랑은 서로를 위해 쓰였다. 그마저도 폐소공포를 일으킬 정도로 작은 거실의 주름 커튼 너머 위협적인 세상에 맞설 서로에 대한 지지와 위안의 계약보다는 덜 긍정적인 감정이었다.

그러나 그들은 그녀가 고양이 까망이를 돌보듯 의무적으로 그녀를 돌봤다. 그녀가 데리고 온 과거와의 유일한 연결고리이자 거의 유일한 소유물인 까망이를 사랑한다는 것은 이 가정의 허상이었다. 자신이 고양이를 싫어하고 두려워한다는 사실은 오직 그녀만 알았다. 그러나 그녀는 다른 일을 할 때처럼 고양이 털을 빗겨주고 먹이를 주며 성실하게 보살폈고 그 보답으로 고양이도 그녀에게 노예처럼 충성했다. 고양이는 웬만해선 그녀 곁을 떠나지 않았고 그녀의 뒤를 따라 묘지를 슬그머니 걷다가 정문에 도착했을 때에야 비로소 몸을 돌렸다. 그러나 고양이는 그녀의 친구가 아니었다. 고양이는 그녀를 사랑하지 않았고 그녀가 자기를 사랑하지 않는다는 것도 알았다. 공모자처럼 가느다란 틈 같은 새파란 눈동자로 그녀를 응시하며 그녀와 공유하는 비밀들을 음미했다. 고양이는 게걸스럽게 먹었지만 절대로 살이 찌지 않았다. 대신 매끈한 검은 몸이 길쭉하게 늘어나면(뾰족한 코를 항상 묘지 쪽으로 향한 채 그녀의 창틀을 따라 몸을 길게 늘이고 햇볕을 쬐었다) 털 달린 파충류처럼 불길하고 비현실적으로 보였다.

알마 테라스에서 묘지로 들어가는 옆문이 있고 학교에서 돌아오는 길에 묘지를 가로지르는 지름길이 있어서 위험한 주도로를 다니지 않아도 되는 것은 행운이었다. 첫날 아침 삼촌이 미심쩍게 말했다.

"괜찮을 것 같기는 하지만, 그래도 어린애가 매일 죽은 자들이 줄지어 늘어선 곳을 지나다닌다는 게 어쩐지 좀 그렇지 않아, 여보?"

숙모가 대답했다.

"죽은 자들은 무덤에서 일어날 수 없어. 그저 조용히 누워 있지. 저 애는 죽은 자들 사이에 있어도 충분히 안전해."

숙모의 목소리는 부자연스럽게 거칠고 컸다. 숙모의 말은 주장처럼, 혹은 거의 반항처럼 들렸다. 그러나 아이는 숙모의 말이 옳다는 것을 알았다. 죽은 자들 사이에 있으면 안전함을 느꼈다. 안전하고 집처럼 편안했다. 알마 테라스에서 지내는 세월은 숙모가 만든 젤리처럼 지루하고 단조롭게 흘러갔다. 맛이 아니라 감각의 측면에서 말이다.

그녀는 행복했던가? 한 번도 떠올리지 않은 질문이었다. 그녀는 학교에서 인기가 없었고 예쁘거나 영리하지도 않아서 아이들에게도 교사들에게도 별 관심을 끌지 못했다. 평범한 아이였고, 오직 고아라는 점만 특별했지만 그 감상적인 이점조차 이용할 수 없었다. 어쩌면 자신처럼 조용하고 소극적인 아이들을, 위협적이지 않은 평범함에 응답해줄 친구들을 찾을 수도 있었겠지만, 그녀의 어떤 면 때문에 아이들은 소심하게라도 다가오지 못했다. 혼자서도 충분히 잘 지내는 점이나 단조롭고 무심한 눈빛, 일상적인 우정에서조차 자신의 어떤 것도 내주지 않겠다는 거부감 등이 이유였다. 그녀는 친구가 필요 없었다. 그녀에겐 묘지와 그곳의 거주자들이 있었다.

특히 좋아하는 묘지들이 있었다. 그녀는 그 주인들에 관해 전부 알았다. 언제 죽었는지, 몇 살이었는지, 가끔은 어떻게 죽었는지도 알았다. 그들의 이름을 알았고 묘비명을 외웠다. 줄줄이 늘어선 진심으로 사랑받은 아내들과 어머니들, 존경받은 상인들, 그리움의 대상인 아버지들, 깊이 애도받은 아이들이 그녀에겐 산 사람들보다 더 현실적이었다.

새로운 무덤은 그녀의 관심을 거의 끌지 못했다. 가끔 멀리서 장례식을 지켜보다가 나중에 슬그머니 다가가 애도의 카드들을 읽어보기는 했다. 그녀는 오랫동안 방치된 길쭉한 네모 흙무덤이나 이가 빠진 묘석, 기운 십자가, 세월이 흘러 희미해진 음각 묘비명 같은 것들을 제일 좋아했다. 오래전 죽은 이들의 이름으로 그녀만의 어린 환상을 엮었다.

심지어 한 해의 계절도 묘지를 지나가며 경험했다. 이른 봄이면 첫 크로커스 꽃의 황금색과 자주색 창 모양 꽃잎이 단단한 흙을 뚫고 솟구쳤다. 4월이면 수선화가 고개를 들었다. 추모객들이 묘지를 장식하는 부활절 무렵이면 묘지 전체가 노란색과 흰색 '꼬까옷'을 차려입었다. 한여름에는 죽은 자들이 꽃향기 가득한 공기를 들이마셨다가 신비로운 향수를 내뱉는 것처럼 깎여 나간 풀과 톡 쏘는 흙

냄새가 풍겼다. 얼룩진 드레스 차림의 나이 든 여자들이 꽃병에 물을 채우려고 예배당 뒤쪽 수도로 천천히 걸어갈 때면 묘석과 대리석 위로 빛이 눈부시게 쏟아졌다. 첫눈에 덮인 묘지를 보고 있으면 대리석 천사들이 반짝이는 흰 모자를 쓴 것처럼 기괴해 보였다. 그녀는 방 창문으로 묘지를 지켜보며 눈의 전당이 무너지고 수의로 감싼 형체들이 다시 제 모습을 되찾는 순간을 포착하길 소망했다.

딱 한 번 아버지에 관해 물었을 때 그녀는 어린아이들이 흔히 그렇듯이 이 주제는 어른들만의 수수께끼 같은 이유 때문에라도 말을 꺼내지 않는 게 좋겠다고 알게 되었다. 그녀는 숙모가 분주하게 저녁을 준비하는 사이 부엌 식탁에서 숙제를 하고 있었다. 그러다 어느 순간 역사책에서 고개를 들고 불쑥 물었다.

"아빠는 어디에 묻혀 있어요?"

프라이팬이 스토브에 쨍강 소리를 내며 부딪쳤다. 숙모의 손에 들린 조리용 포크가 떨어졌다. 숙모는 한참 후에야 포크를 주워 들어 씻어냈고 바닥에 묻은 기름을 닦았다. 아이는 한 번 더 물었다.

"아빠는 어디에 묻혀 있어요?"

"저기 북쪽에. 노팅엄 외곽의 크리던에 네 엄마와 할머니와 함께 있지. 거기 말고 어디에 있겠니?"

"거기 갈 수 있어요? 아빠를 보러 가도 돼요?"

"네가 더 크면 되겠지. 하지만 무덤 주위를 돌아다니는 게 무슨 의미가 있겠어? 죽은 자는 거기 없어."

"그곳은 누가 돌봐요?"

"무덤 말이니? 묘지 사람들이 돌보겠지. 이제 숙제나 하렴."

그녀는 어머니에 관해서는 묻지 않았다. 어머니는 그녀가 태어나자마자 죽었다. 그 유기는 언제나 그녀의 은밀하고 끈질긴 죄책감의 근원이었다.

"네가 네 어머니를 죽였다."

언젠가 누군가가 그런 말을 하면서 그녀에게 부담감을 실어주었다. 그녀는 스스로 어머니에 관한 생각을 허락하지 않았다. 그러나 아버지가 그녀 곁에 머물렀고, 그녀를 사랑했으며, 죽음으로 그녀 곁을 떠나기를 원치 않았다는 것은 알았다. 언젠가는 몰래 아버지의 무덤을 찾아갈 것이다. 그곳에 갈 것이다. 한 번이 아니라 매주. 나이 든 부인들이 묘지에서 하는 것처럼 그곳을 돌보고 꽃을 심고 풀을 잘라줄 것이다. 만약 묘비가 없다면 그녀가 하나 사서 아버지 이름과 그녀가 고른 묘비명을 새길 것이다.

하지만 더 클 때까지 기다려야 할 것이다. 학교를 떠나고 직장을 구하고 돈을 충분히 모을 때까지 기다릴 것이다. 언젠가는 아버지를 찾을 것이다. 그녀에게도 찾아가고 돌봐줄 자기만의 무덤이 생길 것이다. 그녀에겐 갚아야 할 사랑의 빚이 있었다.

＊

알마 테라스에 오고 4년 후에 숙모의 하나뿐인 남동생이 오스트레일리아에서 찾아왔다. 오누이는 둔하고 다리가 짧은 몸과 포동포동한 사각형 얼굴, 작은 눈까지 신체적으로 똑 닮았다. 그러나 네드 아저씨는 성급할 정도로 자신만만하고 쾌활하게 다정했는데, 그 누나의 자신 없는 냉정함과 너무 달라서 두 사람이 남매 사이라는 게 믿어지지 않을 정도였다. 네드 아저씨는 2주일 동안 귀에 거슬리는 낯선 목소리와 자신감 넘치는 남성성으로 작은 집을 압도했다. 평소와는 다른 음식이 나왔고 웨스트엔드에서 저녁을 먹었으며 얼스 코트에서 공연을 보았다.

네드 아저씨는 어린아이에게 다정했고, 후하게 대접했으며, 심지어 어느 아침에는 경마권을 사러 가는 길에 그녀와 함께 묘지를 가로질러 걷기도 했다. 그날 저녁 식사 시간이 되어 조용히 계단을 내려오다가 그녀는 아귀가 잘 맞지 않는 대화의 조각을 엿들었다. 그때에는 어른들끼리의 이야기가 이해되지 않았지만, 곧바로 그녀의 마음에 들어와 저장되었다.

처음에는 네드 아저씨의 거친 목소리가 크게 들렸다.

"함께 어떤 묘비를 보고 있었어. '사랑하는 남편이자 아버지. 1892년 3월 14일 갑자기 우리 곁을 떠나다.' 뭐 이런 식이었지. 대리석은 이가 빠지고 항아리는 갈라지고 어마어마하게 큰 천사 조각상은 위를 향하고 있더라고. 어떤 건지 알 거야. 그때 그 꼬마가 말하더라고. '우리 아빠도 갑자기 죽었어요.' 그렇게 말했다니까. 차갑게 내뱉더라고.

도대체 그 애는 어쩌자고 그런 말을 했을까? 나도 모르게 고개를 돌리게 되더라니까. 얼굴을 어디로 향해야 할지 모르겠더라고. 하필 장소도 으스스한 묘지였잖아. 아, 세인트 킬다*에 관해서 한마디 할게. 여기보단 경관이 끝내줄 거야. 그건 장담하지."

이어서 나온 숙모의 중얼거리는 대답을 더 잘 들으려고

* 오스트레일리아의 해변 마을

가까이 다가가 귀를 쫑긋 세웠지만, 소용이 없었다. 잠시 후 네드 아저씨의 목소리가 들렸다.

"그 할망구는 헬렌을 임신시킨 일로 그 사람을 절대 용서하지 않았어. 소중한 외동딸이 그렇게 되면 누구라도 좋아하지 않겠지. 그러다 헬렌이 그 애를 낳다가 죽자 할망구는 그 일 역시 그 사람 탓을 했어. 딱한 사람 같으니라고. 시드니는 그 여자와 만난 순간 대단한 불행을 짊어진 셈이야."

또다시 알아들을 수 없는 중얼거림이 들려왔고 식탁에서 스토브로 움직이는 숙모의 발소리, 의자를 끄는 소리가 들렸다. 이윽고 네드 아저씨의 목소리가 또 들렸다.

"웃기는 꼬맹이 아니야? 구식이랄까. 섬뜩하다고 말할 수도 있겠네. 그 꼬맹이랑 빌어먹을 고양이는 묘지에 사는 것 같아. 게다가 제 아빠를 얼마나 닮았는지. 내가 정말로 고개를 돌렸다니까. 그 남자랑 똑 닮은 눈을 하고 나를 빤히 보면서 그렇게 말했어. '우리 아빠도 갑자기 죽었어요.' 정말 그랬다니까! 내 생각엔 이름이 평범해서 다행인 것 같아. 사람들이 잘 못 알아보니까. 그 일이 얼마나 됐지? 4년 됐나? 그보다 오래된 일 같은데?"

절반만 엿들은 이해할 수 없는 대화 가운데 그녀의 마음을 괴롭힌 대목은 오직 하나였다. 네드 아저씨는 함께 오스트레일리아로 가자고 삼촌 부부를 설득했다. 그녀는 알마 테라스를 떠나야 할지도 몰랐다. 아버지의 묘지를 다시는 볼 수 없을지도 모르고 영국으로 돌아와 아버지 무덤을 찾을 만큼 돈을 충분히 모으려면 몇 년을 더 기다려야 할지도 몰랐다.

게다가 세상의 반대편으로 간다면 어떻게 아버지 묘지를 규칙적으로 찾아가 보살필 수 있겠는가? 네드 아저씨가 돌아가고 나서도 몇 달이 흘러서야 그녀는 오스트레일리아 우표가 붙은 그의 드문 편지가 우편함에 있는 걸 보고도 마음이 차가운 공포로 죄어들지 않을 수가 있었다.

그녀는 괜한 걱정을 했다. 삼촌 부부는 1966년 10월 둘이서만 영국을 떠났다. 어느 일요일 아침 식사 때 그 소식을 전하며 그녀를 데려갈 생각이 전혀 없음을 분명히 밝혔다. 그들은 그녀가 학교를 마치고 속기 타자수로 지역 부동산 중개소에 취직해 돈을 벌게 될 때까지 언제나 그랬듯이 의무감으로 결심을 미뤄왔다. 이제 그녀의 미래는 보장되었다.

그들은 양심껏 일을 마무리했다. 두 사람은 약간 부끄러운 얼굴로 주저하면서 마치 그녀에게도 중요한 일이라는 듯 자신들의 결심을 해명했다. 숙모의 관절염은 점점 골칫거리가 되었고 두 사람은 태양을 갈망했다. 네드 아저씨는 유일하게 가까운 친척이었고 모두 나날이 늙어가고 있었다.

몇 달 동안 문을 닫고 들어가 자기들끼리 괴롭게 속닥였던 계획은 우선 6개월 동안 세인트 킬다에서 살아보고 오스트레일리아가 마음에 들면 이민을 신청한다는 것이었다. 그들은 알마 테라스 집을 팔아 항공권을 마련하기로 했다. 집은 벌써 매물로 내놓았다. 그러나 두 사람은 그녀를 위한 대비도 해두었다.

그들이 어떤 준비를 해두었는지 말할 때 그녀는 얼굴에 기쁨의 물결이 너무 분명하게 드러나지 않도록 접시 위로 고개를 푹 숙여야 했다. 세 집 건너에 사는 모건 부인이 묘지가 내려다보이는 뒤쪽의 작은 침실에 사는 걸 개의치만 않는다면 기꺼이 그녀를 하숙생으로 받아주기로 했다. 안도감이 요란하게 솟구쳐 올라 그녀는 숙모의 다음 말을 거의 놓칠 뻔했다. 모건 부인이 고양이를 어떻게 생각하는지 다들 알았다. 까망이는 영원히 잠들어야 할 터였다.

숙모와 삼촌이 히스로 공항에서 출발한 날 오후 그녀는 알마 테라스 43번지로 이사했다. 그녀가 가진 것이 남김없이 담긴 짐가방 두 개는 미리 싸두었다. 빈약하지만 그녀의 존재를 공식적으로 증명해주는 출생증명서, 의료카드, 아버지를 추모할 비용으로 힘겹게 저축해둔 103파운드가 찍힌 우체국 통장은 조심스럽게 손가방에 집어넣었다. 다음 날 당장 탐색을 시작할 것이다.

그러나 우선 까망이를 보내기 위해 수의사를 찾아갔다. 그녀는 대기실 발치에 고양이 상자를 놓고 참을성 있게 기다렸다. 고양이는 소리 한번을 내지 않았는데, 이 인내심 강한 체념이 그녀의 마음을 건드리는 바람에 처음으로 발작 같은 연민과 애정이 솟구쳤다. 그러나 그녀가 까망이를 구하기 위해 할 수 있는 일은 없었다. 둘 다 그 사실을 알았다.

고양이는 처음부터 그녀가 무슨 생각을 하는지, 어떤 일이 지나가고 어떤 일이 다가올지 전부 아는 것처럼 보였다. 둘은 무언가를 공유하며 살았다. 어떤 지식을, 어떤 공통의 경험을 나누었지만, 그녀는 기억하지 못했고 까망이는 표현하지 못했다. 이제 고양이의 죽음과 함께 그녀 인생 첫 10년과의 보잘것없는 연결도 영원히 사라질 것이다.

그녀 차례가 되어 진료실에 들어가자마자 말했다.

"영원히 재워주세요."

수의사가 강인하고 익숙한 손으로 고양이의 매끄러운 털을 쓰다듬었다.

"확실합니까? 아직 건강해 보이는데요. 물론 나이가 들었지만, 상태가 탁월하게 좋아요."

"확실해요. 영원히 재워주세요."

그리고 그녀는 눈길 한번 주지 않고 말없이 밖으로 나왔다. 고양이를 사랑하는 척하는 가식에서 벗어나면, 그 가느다란 비난의 눈초리에서 벗어나면 기뻐할 줄 알았다. 그러나 알마 테라스로 돌아가는 길에 그녀는 자기도 모르게 울고 있었다. 눈물이 멈추지 않고 빗물처럼 얼굴을 흘러내렸다.

직장에서 일주일 휴가를 내는 일은 어렵지 않았다. 그동안 휴가를 아껴두었다. 언제나처럼 그녀의 일 처리는 최신식이었다. 기차표와 버스 요금, 일주일간 소박한 호텔에 머물 비용이 얼마나 필요할지 미리 계산해두었다. 계획도 이미 세웠다. 몇 년 동안 세운 계획이었다. 우선 출생증명서에 있는 주소부터 찾아갈 것이다.

노팅엄 크리던의 크랜스타운 하우스는 그녀가 태어난 집이었다. 현재 소유주가 아버지와 그녀를 기억할지도 모른다. 아버지의 죽음을 기억하거나 아버지가 어디에 묻혔는지 아는 노인이나 이웃이 있을 것이다. 그 일도 실패한다면 지역 장의사를 찾아가 물어볼 것이다. 겨우 10년 전의 일이다. 누군가는 기억할 것이다. 노팅엄 어딘가에 매장 기록이 있을 것이다. 그녀는 모건 부인에게 일주일 휴가를 내고 아버지의 옛집에 다녀오겠다고 말하고는 커다란 손가방에 필요한 짐을 다 싸서 다음 날 아침 가장 이른 시간에 노팅엄행 기차에 올랐다.

노팅엄에서 크리던으로 가는 버스 안에서 처음으로 불안과 의심이 뒤섞여 떠올랐다. 그때까지만 해도 마치 오래전부터 계획해온 이 여행이 매일 출근길처럼 자연스럽고 불가피한 것처럼, 어린 시절 흰색 잠옷 차림에 맨발로 처음 침실 커튼을 열어젖혔을 때 눈 아래 펼쳐진 왕국을 보았던 순간부터 운명 지워진 피할 수 없는 순례길을 가는 것처럼, 이상하게 전혀 흥분되지 않고 차분한 확신을 품고 다녔다. 그런데 갑자기 기분이 바뀌었다. 버스가 요동치며 시골길을 달리는 동안 그녀의 정신적 불안감이 신체적인 불편을 불러일으킨 것처럼 좌석에서 이리저리 몸을 뒤척였다.

그녀는 작은 교회들이 에워싼 곳에 주목이 무늬를 이루고 서 있는 깔끔하고 가정적인 묘지와 초록빛 교외를 기대했다. 그녀가 직접 만들기라도 한 것처럼 사랑해서 휴일마다 찾아갔던 묘지와 비슷한 모습일 거라고 생각했다. 아버지는 분명히 새소리가 크게 들리는 축성된 평화의 땅속에 누워 있을 것이었다.

그러나 지난 10년 동안 노팅엄은 주변으로 뻗어나갔고 이제 크리던은 급히 지은 새 집들과 주유소, 상점이 길게 늘어선 개발구역을 통해 도시와 분리되고 쇠락한 도시형 마을과 다름없었다. 낯익은 게 전혀 없었지만, 그녀는 전에도 고통과 불안 속에서 이 도로를 달린 적이 있음을 알았다. 30분 후 버스가 크리던 터미널에 정차했을 때 그녀는 곧바로 여기가 어딘지 알아봤다.

먼지가 날리고 쓰레기가 흩어진 마을 광장 한쪽 구석에 '도그 앤 휘슬' 술집이 여전히 서 있고 술집 바로 앞에 똑같은 버스 정류장이 보였다. 벽화가 그려진 담장을 보니 어떤 것도 잊지 않은 것처럼 기억이 되살아났다. 아버지는 일요일마다 할머니를 찾아가는 그녀를 이곳까지 데려다주었다. 여기서 할머니의 나이 지긋한 요리사가 그녀를 기다렸다.

그녀가 뒤를 돌아보며 마지막으로 손을 흔들면 아버지는 돌아가는 버스가 출발할 때까지 거기서 참을성 있게 기다리곤 했다. 그녀는 6시 30분까지 이곳으로 돌아와야 했고 그러면 아버지가 그녀를 데리러 왔다. 크랜스타운 하우스는 할머니의 집이었다. 그녀도 그 집에서 태어났지만, 그곳은 절대 그녀의 집이 아니었다.

그 집으로 가는 길은 물어볼 필요가 없었다. 5분 후 오싹한 매혹에 사로잡혀 그 집을 올려다보며 서 있을 때도 맹꽁이자물쇠로 굳게 잠긴 정문에 어떤 이름이 씌어 있는지 읽을 필요가 없었다. 집은 골목길 막다른 곳, 어울리지 않게 장엄한 척 위치한 사각형의 검은 벽돌 건물이었다.

기억보다는 작았지만, 여전히 무서웠다. 저 화려한 돌출 박공과 기울기가 심한 지붕, 입을 꾹 다물고 있는 퇴창과 동쪽 끝에 하나뿐인 소름 끼치는 뾰족탑을 어떻게 그녀는 까맣게 잊고 있었을까? 정문에 부동산 중개소에서 내건 안내판이 걸려 있었다. 집 자체는 비어 있었다. 현관문 페인트가 벗겨지는 중이었고 잔디밭은 웃자랐으며 철쭉 덤불 가지는 부러졌고 자갈길 곳곳에 잡초가 솟았다.

이곳에 아버지의 무덤을 찾을 수 있게 도와줄 사람은 아무도 없었다. 그러나 그녀는 위협적인 정문을 지나 이 집을 방문해야 한다는 사실을 알았다. 집이 알고 그녀에게 들려줘야 하는 이야기, 까망이가 알았던 이야기가 있었다. 그녀로선 다음 단계를 피할 수가 없었다. 어떤 일이 있어도 부동산 중개소를 찾아가 집 안을 둘러볼 수 있게 허락받아야 했다.

돌아가는 버스를 놓쳤고 다음 버스가 노팅엄에 도착하

면 3시가 지나 있을 것이다. 이른 아침을 먹은 후로 아무것도 먹지 못했지만, 마음이 너무 급해 배고픔이 느껴지지도 않았다. 그러나 하루가 길 예정이었기 때문에 뭔가 먹어야 했다. 그녀는 카페로 들어가 치즈 토스트 샌드위치와 커피를 시켰고 그 몇 분도 아까워서 거의 들이붓다시피 했다. 커피는 뜨겁고 맛도 거의 느껴지지 않았지만, 액체가 목구멍을 자극하며 지나갈 때야 얼마나 간절하게 커피를 원했었는지 깨달았다.

계산대 여자가 걸어서 10분 거리에 있는 부동산 중개소를 알려주었다. 가느다란 세로줄 무늬 양복을 입은 날카로운 인상의 젊은 남자가 그녀를 맞았다. 남자는 그녀의 낡은 푸른색 트위드 코트와 싸구려 여행가방과 인조 가죽 백을 훈련된 시선으로 흘낏 보더니, 그녀를 자신의 고객 분류표 가운데 기대할 게 거의 없고 받을 것도 별로 없는 부류 안에 정확히 집어넣었다. 하지만 남자는 그녀에게서 뭔가 특별한 면모를 엿보았고 그녀가 직원들을 흘낏 보고 안내문을 접어 가방에 집어넣는 것을 보고 호기심이 발동했다.

그날 오후 집을 보고 싶다는 그녀의 요청은 예상대로 정중하게, 그러나 별 열정은 없이 받아들여졌다. 하지만 이런 일은 그녀에게 익숙한 영역이었고 그 이유도 알았다. 그 집에는 사람이 살고 있지 않았고 그녀는 누군가의 안내를 받아야 할 것이다. 그녀의 허름한 차림새를 보면 그녀가 그 집을 구매할 가능성이 있음을 시사하는 점이 전혀 없었다. 그래서 남자가 동료 직원과 상의해보겠다고 양해를 구하고 재빨리 자리를 떠났다가 돌아와 지금 당장 크리던까지 차로 데려다주겠다고 했을 때, 그녀는 그 까닭 역시 알 수 있었다. 사무실은 바쁘지 않았고 마침 중개소 직원이 그 매물을 점검할 시간이었다.

두 사람은 차 안에서 말을 나누지 않았다. 크리던에 도착해 남자가 그 집으로 가는 골목길에 들어섰을 때 그녀는 처음 찾아왔을 때 느꼈던 불안을 다시금 느꼈고, 그사이 불안은 더 깊고 강해져 있었다. 이 감정은 오래된 비참한 기억을 넘어섰다. 어린 시절의 불행과 공포가 되살아났고 어른이 된 지금의 예감까지 더해 한층 심해졌다.

부동산 중개인이 모리스 자동차를 풀밭 가장자리에 세웠을 때 그녀는 빈 창문을 올려다보며 발작 같은 공포에 사로잡혔다. 두려움이 어찌나 날카로운지 그녀는 순간적으로 말을 할 수도 움직일 수도 없었다. 남자가 그녀를 위해 차문을 연 채로 잡고 있다는 것, 입에서 맥주 냄새가 풍기며 불편할 정도로 얼굴을 가까이 들이대고 화를 꾹 눌러 참은 표정으로 그녀를 보고 있다는 것을 의식했다.

그녀는 순간 이 집은 자신에게 전혀 맞지 않으며 집을 보고 싶은 마음이 사라졌고 집을 둘러보는 것도 의미가 없을 거라고, 그냥 차 안에서 기다리고 있겠다고 말하고 싶었다. 하지만 따뜻한 좌석에서 애써 몸을 일으켰고 남자의 시건방진 눈길을 받으며 자동차 밖으로 나갔다. 남자가 맹꽁이자물쇠를 풀고 정문을 벌컥 여는 동안 그녀는 말없이 서서 기다렸다.

두 사람은 방치된 풀밭과 마구 뻗어나간 철쭉 덤불 사이를 나란히 지나 현관문을 향해 걸었다. 그런데 갑자기 그녀 옆에서 함께 자갈길을 걷던 느릿느릿한 발이 전혀 다른 발로 변했다. 그녀는 어느새 어린 시절로 돌아가 아버지와 함께 이 길을 걷고 있었다. 손만 뻗으면 아버지의 꼭 쥔 손을 느낄 수 있을 것이다. 동행이 집에 대해 뭐라고 말하고 있었지만, 그녀는 듣고 있지 않았다. 의미 없는 수다가 잦아들고 다른 목소리가 들렸다. 10년이 넘도록 처음 듣는 아버지의 목소리였다.

"영원히는 아니야, 아가. 아빠가 일을 구할 때까지만이야. 그리고 매주 일요일에 아빠가 와서 너랑 같이 점심을 먹을 거야. 그러고 나서 함께 산책도 할 수 있어. 우리 둘이

서만. 할머니가 약속했어.

그리고 아빠가 새끼고양이를 사줄게. 할머니도 녀석을 보면 뭐라 하지 않을 거야. 검은 새끼고양이. 넌 언제나 검은 새끼고양이를 원했잖아. 이름을 뭐라고 지을까? 작은 까망이? 녀석을 보면 아빠가 떠오를 거야. 나중에 아빠가 직장을 구하면 작은 집을 빌려서 다시 함께 살자. 아빠가 널 보살펴줄게, 아가. 우린 서로 보살필 거야."

그녀는 이해를 구하는 간절한 그 애원의 눈빛을 다시 보게 될까 무서워 차마 고개를 들지 못했다. 아빠를 무시해서가 아니라 아빠 마음을 편하게 해주고 싶어서였다. 이제야 그녀는 아빠를 도와주었어야 했다고, 아빠를 이해하며 한 달 정도는 할머니와 함께 살아도 괜찮다고, 모든 게 괜찮을 거라고 말해줬어야 했다고 생각했다. 그러나 그녀는 어른스럽게 대답하지 못했다. 눈물을 흘리고, 아빠의 외투 자락에 절박하게 매달리고, 할머니의 요리사가 입을 꾹 다문 표정으로 그녀를 아빠에게서 떼어내고, 그녀를 침대로 데려갔던 일이 기억났다. 마지막 기억은 현관문 바로 위에 있는 그녀의 방에서 아빠를 지켜보던 것, 좌절감으로 축 처진 아빠가 버스 정류장을 향해 골목길을 내려가던 모습이었다.

두 사람이 현관에 도착해서야 그녀는 고개를 들었다. 창문이 그대로 있었다. 당연한 일이었다. 그녀는 이 어둑한 집의 모든 방을 알았다.

정원은 10월의 부드러운 햇볕 속에 푹 잠겨 있었지만, 홀은 춥고 어둑했다. 그들 위에 무게추처럼 드리운 어둠을 향해 묵직한 마호가니 계단이 솟아 있었다. 부동산 중개인이 벽을 더듬어 전등 스위치를 찾았다.

그녀는 기다리지 않았다. 어린 시절의 작은 손으로는 완전하게 감싸 쥘 수 없었던 큼직한 황동 문손잡이를 붙잡고 정확히 거실로 들어갔다. 방의 냄새가 달랐다. 그때는 가구 광택제 냄새 위로 제비꽃 향기가 맴돌았다. 지금은 추위와 곰팡내가 풍겼다.

그녀는 어둠 속에서 몸을 떨었지만 완벽할 만큼 침착했다. 마치 고문 피해자가 고통의 장벽을 넘어서서 일종의 평화를 느끼듯이 그녀도 공포의 장벽을 넘어선 것 같았다. 그녀의 몸에 누군가의 어깨가 스치는 게 느껴졌고 곧 남자가 창문으로 다가가 묵직한 커튼을 벌컥 열어젖혔다. 남자가 말했다.

"지난번 살던 사람이 가구 몇 점을 두고 갔어요. 그편이 좀 더 나아 보이죠. 사람이 사는 것처럼 보이면 거래가 더 쉬워지거든요."

"거래 제안이 있나요?"

"아직은 없어요. 모든 사람이 좋아할 만한 집은 아니니까요. 요새 사람들이 살기엔 좀 크잖아요. 게다가 과거에 살인 사건도 있었죠. 10년이나 지난 일이지만 아직도 사람들은 그 일을 이야기해요. 사건 후로 주인이 네 차례나 바뀌었지만, 누구도 오래 살지는 않았어요. 아무래도 집값에 영향을 미치죠. 살인사건을 없던 일로 취급할 수는 없잖아요."

남자는 애써 태연한 척 말했지만, 집요하게 그녀의 얼굴을 쳐다보았다. 남자가 빈 벽난로를 향해 걸어가 한쪽 팔을 벽난로 선반에 올려놓고 신들린 사람처럼 방안을 돌아다니는 그녀를 시선으로 좇았다. 그녀가 불쑥 물었다.

"어떤 살인사건이요?"

"예순네 살 노부인이었어요. 사위에게 맞아서 죽었답니다. 나이 든 요리사가 뒤쪽 부엌에서 집 안으로 들어왔을 때 사위가 부지깽이를 들고 있는 걸 발견했어요. 아마 저렇게 생긴 것이었겠죠."

남자가 고갯짓으로 난로 쇠살대에 기대어 서 있는 난로용 황동 기구들을 가리켰다. 남자가 말했다.

"당신이 지금 서 있는 바로 그 자리에서 벌어졌죠. 노부인이 바로 그 의자에 앉아 있었답니다."

그녀는 자신조차 알아듣기 힘든 억눌리고 거칠게 갈라진 목소리로 말했다.

"이 의자가 아니에요. 이것보다 더 컸어요. 그 의자는 등받이와 좌석에 자수가 놓였고 팔걸이 가장자리엔 코바늘로 뜬 레이스가 덮여 있었어요. 발디딤대는 사자 발톱처럼 생겼고요."

남자의 눈초리가 날카로워졌다. 이윽고 남자가 조심스럽게 웃음을 터뜨렸다. 어리둥절한 눈빛이 조금 달라졌다. 그것은 혹시 경멸이었을까?

"알고 있군요. 역시 그런 사람이었어요."

"그런 사람이라니요?"

"부동산 매물을 보러 온 게 아니에요. 뭐, 이 정도 규모의 집을 살 형편도 아닐 테고요. 당신은 사건이 일어난 현장을 직접 보고 전율을 느끼고 싶어서 왔을 뿐이에요. 이 사건에 대해 온갖 정보를 구하러 왔을 테니 나도 말해주죠.

당신이 흥미로워할 피투성이 잔혹극에 관해 자세히 들려줄 수 있어요. 사실 피가 그렇게 많지는 않았어요. 두개골이 으깨졌지만, 대부분은 내출혈이었거든요. 부인의 이마에서 피가 딱 한 줄기 흘러내려 손등 위로 떨어지고 있었다고들 하더군요."

남자의 거침없이 능숙한 말투를 보면 남자가 전에도 이 이야기를 한 적이 있다는 사실을 알 수 있었다. 그는 이 이야기를, 고객의 흥미를 돋우고 자신의 지루함까지 달래줄 이 작은 공포의 독주회를 즐겼다. 그녀는 너무 춥지 않았으면 하고 바랐다. 다시 따뜻해질 수만 있다면 그렇게 이상한 목소리가 나오지는 않을 것이다. 그녀는 마른 입술 사이로 말했다.

"그리고 새끼고양이가 있었죠. 고양이 이야기를 해주세요."

"와, 정말 대단했죠! 그게 공포를 한층 더 키웠어요. 새끼 고양이는 부인의 무릎에 앉아 피를 핥고 있었답니다. 그런데 당신도 전부 알고 있죠? 전부 들으셨구만."

"예."

그녀는 거짓말했다.

"전부 들은 이야기예요."

그러나 들은 것 이상이었다. 그녀는 이 일을 알았고, 직접 봤다. 그 자리에 있었다.

갑자기 그녀 앞 의자의 모양이 바뀌었다. 무정형의 검은 형체가 눈앞에서 헤엄쳤다. 이윽고 그것은 형체와 실체를 띠었다. 거기 할머니가 일요일 예배에 가기 위해 검은 옷을 입고 장갑과 모자까지 쓰곤 무릎에 기도서를 올려놓고 두꺼

비처럼 웅크리고 앉았다. 그녀는 할머니 입가에 말라붙은 침 자국을 보았다. 날카로운 코 옆에 끊어진 핏줄의 흔적을 보았다.

할머니는 교회에 가기 전 손녀의 행색을 점검하려고 다시 그 성마른 불만의 표정을 지었다. 거기 마녀가 앉아 있었다. 그녀와 그녀의 아빠를 미워하는 마녀, 그녀에게 아빠는 쓸모없고 무책임하며 어머니를 죽인 살인자와 다를 바 없다고 말하는 마녀였다. 까망이가 자꾸 의자를 찢으니까, 아빠가 준 고양이니까, 까망이를 영원히 잠재워버리겠다고 협박하는 마녀였다. 아빠에게서 그녀를 영영 떼어놓으려고 계획하는 마녀였다.

그리고 다른 게 보였다. 기억 속의 모습 그대로 거기 부지깽이가 있었다. 묵직한 손잡이가 달린 광택 나는 긴 황동 막대기가 보였다.

그녀는 과거에 그랬던 것처럼 지금 다시 그 부지깽이를 들고 증오와 공포의 비명을 지르며 할머니의 머리를 내리쳤다. 한 번 더, 또 한 번 더 내리치며 가죽에 부딪히는 황동의 소리를, 쪼개는 충격에 다시 가해지는 충격의 소리를 들었다. 그리고 계속 비명을 질렀다. 방 안에 공포의 비명이 울려 퍼졌다. 한바탕 광란의 순간이 지나고 끔찍한 소음이 멈추고 나서야 그녀는 목의 통증을 느끼고 비명이 자신의 목에서 나온 것임을 깨달았다.

그녀는 숨을 헐떡이고 몸을 덜덜 떨며 서 있었다. 이마에 맺힌 땀방울이 눈에 스며들어 따가웠다. 고개를 들었다가 공포로 눈을 크게 뜨고 그녀를 응시하는 남자의 시선, 중얼거리는 욕설과 문을 향해 달려가는 발소리를 알아들었다. 이윽고 축축한 손에서 부지깽이가 미끄러지며 카펫 위에 툭 떨어졌다.

남자의 말이 옳았다. 피는 없었다. 기괴한 모양의 모자가 앞으로 쏠려 죽은 얼굴을 덮었을 뿐이었다. 하지만 그녀가 지켜보는 사이 모자 테두리 밑으로 진한 붉은색 핏줄기가 비뚤배뚤 이마를 지나 뺨의 주름을 따라 흘러내리더니 장갑 낀 손으로 꾸준히 떨어지기 시작했다. 그때 작게 야옹거리는 소리가 들렸다. 공처럼 둥근 검은 털 뭉치가 의자 뒤에서 기어 나오더니 광란의 새파란 눈을 한 까망이의 유령이 10년 전과 똑같이 풀쩍 뛰어올라 움직이지 않는 무릎에 사뿐히 내려앉았다.

그녀는 자신의 손을 내려다보았다. 장갑은 어디 있지? 마녀가 교회에 갈 때는 반드시 끼어야 한다고 우겼던 그 흰색 면장갑이? 그러나 그 손은 더 이상 아홉 살 아이의 손이

164

아니었고 아무것도 끼고 있지 않았다. 그리고 의자도 비어 있었다. 갈라진 가죽 사이로 삐져나온 말총 속과 고요한 공기에 희미해지는 제비꽃 향기를 제외하곤 아무것도 없었다.

그녀는 그때처럼 등 뒤로 문을 닫지도 않고 현관문 밖으로 걸어나갔다. 장갑을 끼고 얼룩 한 점 묻히지 않은 채 걸었던 그날처럼 철쭉 덤불 사이 자갈길을 걸어 철제 정문을 통과해 골목길을 지나 교회로 갔다. 이제 막 교회 종이 울리기 시작했다. 늦지 않게 도착할 것이다. 저 멀리 아버지가 비옥해진 목초지에서 디딤대를 딛고 골목길로 올라서는 모습이 보였다. 그렇다면 아버지는 아침을 먹고 일찍 출발해 크리던까지 걸어왔을 것이다.

왜 이렇게 일찍 왔을까? 뭔가 결정하기 위해 긴 산책이 필요했을까? 아니면 함께 교회에 가서 마녀의 비위를 맞추려는 애처로운 시도였을까? 아니면 (행복한 생각인데) 그녀를 데리러 온 걸까? 얼마 되지 않는 그녀의 소지품을 꾸리고 예배가 끝날 시간에 맞춰 데려갈 준비를 마치려고? 그렇다. 그때 그녀는 그렇게 생각했다.

이제 기억난다. 희망의 샘물이 높이 솟구치며 즐거운 확신을 향해 춤추었다. 집에 돌아가면 모든 준비가 끝나 있을 것이다. 아버지와 그녀는 마녀에게 맞서서 두 사람과 까망이까지 함께 떠날 거라고, 다시는 볼 수 없을 거라고 말할 것이다. 그녀는 길 끝에서 뒤를 한 번 더 돌아보고 마지막으로 사랑하는 유령이 골목길을 지나 운명처럼 열린 정문으로 다가가는 모습을 보았다.

다음은 뭐였더라? 환영이 희미해졌다. 붉은색과 푸른색으로 번쩍이는 광채가 만화경처럼 움직이다가 선한 양치기가 양 한 마리를 품에 안는 그림의 스테인드글라스 창으로 변하는 모습을 제외하곤 그날 예배에 관해 아무것도 기억나지 않았다. 그리고 다음은? 현관문 앞에서 기다리던 낯선 사람들, 엄숙하고 걱정 어린 얼굴들, 속닥이며 흘낏거리는 옆눈질, 제복 같은 것을 입은 여자, 공무용 자동차가 이어서 떠오르고 다음은 전혀 기억나지 않았다. 기억이 텅 비어버렸다.

그러나 마침내 그녀는 아버지가 어디에 묻혔는지 알았다. 왜 아버지 무덤을 찾아갈 수 없는지, 왜 아버지가 누워 있는 곳에, 그녀 손으로 집어넣은 그 수치스러운 곳에 경건한 순례를 가지 못하는지 깨달았다. 그곳에는, 감옥 담벼락 뒤쪽의 생석회 속에 누운 사람들에게는 꽃도 오벨리스크도 없고, 사랑 가득한 말들이 새겨진 대리석 묘비도 없을 것이다.

그리고 마침내 최후의 기억이 불쑥 찾아왔다. 다시 열린 교회 문이, 줄을 서서 입장하는 신도들이 보인다. 그녀가 홀로 도착하자 궁금한 얼굴을 하고 그녀를 돌아보던 얼굴들이 보인다. 가리개를 덮어쓴 아버지의 머리 위로 삼밧줄 올가미를 걸어버린 그 말이 높은 어린애의 목소리로 다시 들려온다.

"할머니요? 몸이 편찮으세요. 저 혼자 가라고 하셨어요. 아니요, 걱정할 일은 없어요. 할머니는 괜찮아요. 아빠가 곁에 있거든요."

아주 바람직한 거주지

A VERY DESIRABLE
RESIDENCE

내가 썩 중요하진 않은 원고 측 증인으로 참석한 해럴드 빈슨의 재판 기간과 그 후에, 나는 해럴드를 아는 누구라도 과연 해럴드가 아내를 살해할 계획을 세울 수 있을 만한 사람이라고 추측할 수 있었을지에 관해 대체로 아는 것도 없고 별 의미도 없는 생각을 반복했다. 나는 다른 학교 직원들보다는 해럴드를 더 잘 알 것이라는 기대를 받았다. 그러나 동료들은 내가 지난 20년간 학내 최고의 추문에 관한 전반적인 구설수에 말려들지 않으려고 꺼리는 태도가 짜증스러울 만큼 독선적이라고 여겼다.

"당신은 부부 두 사람과 알고 지냈잖아요. 늘 그 집에 놀러 갔었죠. 두 사람이 함께 있는 걸 봤을 거 아니에요. 그런데 짐작하지 못했단 말이에요?"

그들은 내가 어떤 면에서 무심했다고 느끼면서, 내가 무슨 일이 벌어지는지 알아보고 미리 막았어야 했다고 주장했다. 아니, 나는 전혀 짐작하지 못했다. 설사 짐작했더라도 완전히 잘못 짐작했다. 하지만 그들의 말이 완벽하게 옳다. 나는 그 일을 미리 막았어야 했다.

해럴드 빈슨을 처음 만난 건 해럴드가 상급반 수학을 가르치던 종합중등학교에 내가 하급반 미술 교사로 취직했을 때였다. 그런 류의 교육기관들이 그렇듯이 지나치게 기를 꺾는 곳은 아니었다. 학교는 오래된 18세기 문법학교를 중심축으로 그다지 거슬리지 않는 현대식 교육을 추가한 곳이었고, 런던에서 남동쪽으로 30여 킬로미터 정도 떨어진 강가의 쾌적한 통근 도시에 위치했다. 주로 중산층으로 구성된 집단이라 약간 잘난 척하고 문화적 자의식이 높았지만, 지적으로 흥미롭지는 않았다. 그래도 첫 직장치고 꽤 잘 맞았다. 나는 중산층 사람들이나 그들의 주거환경에 반대하지 않는다. 나 역시 중산층이니까. 그리고 내가 그 직장을 구한 것도 운이 좋아서라는 걸 알고 있다.

이 이야기는 충분한 재능을 지녔지만 버젓한 삶을 영위

하기 위해 동시대 예술적 성취를 이룬 이들이 유행처럼 벌이는 바보짓을 존경하지는 않는 어느 예술가의 평범한 이야기다. 나보다 예술에 헌신하는 이들은 싸구려 원룸에 살면서 계속 그림을 그리는 삶을 선택한다. 나는 어디에 어떤 모습으로 사느냐의 문제에 꽤 까다로운 사람이고, 결국 내가 선택한 삶은 미술 교사 자격증과 웨스트 페어링 종합학교였다.

해럴드 빈슨의 집에 방문한 첫날 저녁 나는 곧바로 그에게 가학적 성향이 있음을 깨달았다. 그가 제자들을 괴롭혔다는 뜻은 아니다. 그랬다간 책임을 모면하지 못했을 것이다. 요즘은 교실 내 권력의 균형이 앙갚음으로 바뀌었고, 괴롭힘을 가하는 쪽도 아이들이다. 교사로서 해럴드는 놀라울 만큼 참을성이 있고 성실했으며 자기 과목에 관한 진정한 열정을 품고('훈육'은 그가 선호하는 표현으로 지적인 속물근성과 학문적 전문성을 가리키는 말이었다) 그 열정을 아이들과 나누는 놀라운 능력을 갖춘 사람이었다.

그는 꽤 엄격하게 학생들을 훈육했다. 그러나 나는 경쟁심 없는 아이들을 향해 특히 부당하다는 분노를 일으키는 신랄한 독설과 냉소를 교사가 즐기지만 않는다면, 학생들이 그러한 엄격함을 싫어하는 모습을 본 적은 한 번도 없다.

그는 그런 아이들의 시험마저도 통과했다. 누가 뭐래도, 그 것이야말로 중산층 꼬마들과 학부모들이 환영하는 점이다. 유감스럽게도 생색과 아첨이 뒤섞인 현대의 특수어인 '꼬마들'이라는 말을 쓰고야 말았는데, 해럴드는 그 말을 한 번도 쓰지 않았다.

대입 준비반 동창회에 관해 말하는 게 그의 습관이었다. 처음에는 살짝 잘난 척하는 일종의 유머인가 생각했지만, 지금은 잘 모르겠다. 그는 사실 유머러스한 사람이 아니었다. 경직된 얼굴 근육은 미소를 짓는 적이 거의 없었고 어쩌다 미소를 지을라치면 고통스럽게 찡그린 얼굴로 일그러졌다. 마르고 살짝 구부정한 몸, 뿔테안경 뒤의 엄숙한 눈빛, 코부터 완고한 입가까지 이어진 깊은 팔자주름 때문에 그는 다들 오해하는 모습, 즉 무뚝뚝하고 별로 행복하지도 않은 중년의 현학자라는 인상을 풍겼다.

사실 해럴드가 괴롭히고 군림한 대상은 소중한 학생들이 아니라 그의 아내였다. 내가 에밀리 빈슨을 처음 본 것은 개교기념일 행사장에서 그녀 옆에 앉았을 때였다. 개교기념일은 문법학교 시절부터 내려온 오래된 행사로 학교에 얼굴을 거의 비치지 않는 교사 부인들까지 참석의 의무를 느낄 정도로 몹시 중요하게 취급되었다. 내 짐작에 그녀는 남편보다 거의 스무 살은 어려 보였고 일찍 색이 바랜 적갈색 머리와 그 빛깔에 썩 잘 어울리는 투명해 보일 만큼 창백한 피부가 눈에 띄는 마르고 불안해 보이는 여자였다.

그녀는 비싼 고급 옷을 입었는데, 그토록 뚜렷한 특징이 없는 여자에게 어울리지 않게 지나치게 말쑥한 차림새여서 유행에 맞춰 잘못 고른 정장이 오히려 그녀의 허약한 평범함을 강조할 뿐이었다. 그러나 아치형의 가느다란 눈썹 아래 살짝 튀어나온 큼직한 회녹색 눈만은 탁월하게 돋보였다. 내 쪽으로 거의 몸을 돌리지 않았던 그녀가 어쩌다 한 번씩 그 타원형 눈동자로 나를 재빨리 쳐다보면 빅토리아 시대 아마추어 화가가 그린 유화를 살펴보다가 코로*의 그림을 발견한 순간처럼 충격적이었다.

개교기념일이 저물 즈음 나는 처음으로 그들의 집에 초대받았다. 알고 보니 그들은 상당히 세련된 생활을 하고 있었다. 에밀리 빈슨은 아버지로부터 8천 제곱미터 부지에 홀로 선, 강 쪽으로 살짝 기운 풀밭까지 갖춘 작지만 완벽한 비율의 조지 왕조 시대 저택을 물려받았다. 건축업자였던 그녀의 아버지는 그 집을 허물고 새로 아파트 단지를 지을

* 19세기 중반 프랑스의 화가로 인상파의 선구자로 꼽힌다.

생각으로 가세가 기운 전 주인에게서 싼값에 집을 사들였다. 그런데 마침 도시계획 당국이 보호 명령을 시행했고, 아버지도 몇 주 후에 세상을 떠나는 바람에 애석하게도 집과 가구까지 딸에게 넘어갔다.

해럴드 빈슨도 그 아내도 소유물의 진가를 제대로 알아보지 못하는 것 같았다. 그는 주거비용을 불평했고, 그녀는 가사 일을 불평했다. 완벽한 비율을 자랑하는 건물 전면은 숨이 멎을 만큼 아름다웠지만, 그들은 네모난 벽돌 상자 안에 사는 사람들처럼 아무런 감동도 받지 못했다. 심지어 집과 함께 물려받은 가구들도 싸구려 복제품 취급을 하며 조금도 좋아하지 않았다. 처음 방문한 날 막바지에 식당의 널찍함과 비율을 칭송하는 내게 해럴드가 이렇게 대답했다.

"집이란 네 개의 벽 사이 공간에 불과해. 그 공간이 멀찍이 떨어져 있든 가까이 붙어 있든, 혹은 무엇으로 만들어졌든, 뭐가 중요하겠어? 어차피 새장 속에 있는 걸."

그때 그의 아내는 부엌으로 접시를 나르고 있어서 그의 말을 듣지 못했다. 해럴드의 말소리는 아주 나지막해서 나조차 잘 들리지 않았다. 지금은 그게 나 들으라고 한 말이었는지조차 확실하지 않다.

결혼이란 가장 공적이면서 동시에 가장 사적인 제도로 그 비참함은 가슴을 난도질하는 기침처럼 괴롭게 끈질기고 사적인 병증은 쉽게 진단되지도 않는다. 게다가 사회생활의 불행만큼 파괴적인 것도 없다. 남편과 아내가 서로 불화와 혐오를 드러내는 공간에 당혹스러운 침묵으로 앉아 있고 싶은 사람은 아무도 없다.

　　에밀리는 입을 열 때마다 남편의 화를 돋우는 것 같았다. 그녀가 내뱉는 의견은 모두 무시되었다. (어쨌든 전부 그녀의 몫이었던) 집안일에 관한 그녀의 사소한 수다는 그 진부함 때문에 어김없이 해럴드를 도발했고, 결국 그녀가 무슨 말을 꺼내려고 마음을 굳게 먹고 불안하게 미리 그쪽을 흘깃 쳐다보기만 해도 그는 화를 눌러 참는 체념과 권태의 표정으로 포크와 나이프를 내려놓곤 했다. 만약 그녀가 실은 거짓인 애처로운 탄원의 표정을 꾸며내며 움츠러든 한 마리 짐승이었다면 나 역시 발로 차버리고 싶은 유혹을 참을 수 없었을지도 모른다. 그런데 해럴드는 정말로 발로 찼다.

　　부부에게 친구가 거의 없다는 사실이 별로 놀랍지도 않았다. 돌이켜보면 진정한 친구가 한 명도 없다고 말하는 편이 더 진실에 가까울 것이다. 학교에서 나 말고 해럴드의 집에 방문하는 유일한 동료는 하급반 과학 교사인 베라 펠링이었다. 가엾은 베라는 매력이 하나 없이 지루하기만 해서 그녀로서도 대안이 별로 없었다.

베라는 누구나 수고를 들이면 아름다운 외모를 만들 수 있다고 주장하는 여성 잡지의 미용 패션 담당 기자들이 그토록 사랑하는 이론의 살아 있는 반증이었다. 돼지 같은 베라의 눈과 존재하지 않는 턱에다가는 어떤 일도 시도할 수가 없었고 충분히 합리적이게도 그녀는 그조차 하지 않았다.

내 말이 너무 가혹하게 들렸다면 미안하다. 베라는 나쁜 사람은 아니었다. 그리고 베라가 가구 딸린 아파트에서 혼자 식사하는 것보다 가끔 빈슨 부부와 함께하는 공짜 저녁 식사 자리에서 나와 함께 4분의 1을 차지하는 게 낫다고 생각했다면, 내게 나만의 이유가 있듯이 베라에게도 나름의 이유가 있었을 것이다.

내 기억에 베라 없이 나 혼자 빈슨 부부의 집을 방문한 적은 없지만, 에밀리 빈슨은 내 아파트에 세 번 왔다. 해럴드의 승인 아래 내가 초상화를 그려주기로 했다. 결과는 성공적이지 않았고 마치 스탠리 스펜서 초기작의 모방품 같았다. 그 탁월하게 돋보이는 희귀한 회녹색 눈빛이 전달하는 은근한 삶의 의미를 포착해보려고 했지만, 실패했다. 초상화를 본 해럴드가 이렇게 말했다.

"교직을 생계로 선택하다니, 자네 참 분별력이 있는 친구야. 하지만 이 노력을 보니 그 선택이란 거의 자발적이지 않았겠다는 생각이 드는군."

그때만은 그의 의견에 동의하고 싶었다.

베라 펠링과 나는 이상하게 빈슨 부부에게 집착하기 시작했다. 그 집에서 저녁을 먹고 돌아가는 길에 우리는 몹시 싫어하지만 서로 보지 않고는 못 견디는 두 친척의 부적절한 면모를 끊임없이 논의하는 오래된 부부처럼 그날 저녁의 상처들을 곰곰이 따져보곤 했다. 베라는 꽤 참을성 있는 흉내쟁이라 해럴드의 건조한 말투를 곧잘 따라 했다.

"여보, 지난번 우리가 함께 저녁을 먹었을 때 당신은 별로 흥미롭지도 않은 집안의 드라마를 자세히 설명하지 않았던가?"

"그런데 여보, 오늘은 무슨 일을 하며 보냈어? 존경할 만한 윌콕스 부인과 거실을 청소하면서 어떤 매력적인 대화를 나누었지?"

베라는 내 팔을 잡아 팔짱을 끼면서 자신은 너무 당혹스러워 앞으로 그 집을 방문하는 일을 포기해야겠다고 생각할 정도였다고 털어놓았다. 그러나 실제로 포기하지는 않았다. 그래서 사건이 벌어진 날 밤에 베라 역시 나와 함께 빈슨 부부의 집에 있었다.

범죄가 일어난 저녁(틀에 박힌 표현이지만 당신이 앞으로 보게 되듯이 흔한 악당의 소행이 아니었던 그날의 일을 설명하기에 그리 부적절하지만은 않은, 어쩐지 극적인 울림이 있다), 베라와 나는 7시에 학교 연극 최종 리허설을 도와주기로 했다. 나는 배경막 그림과 일부 소품을 책임졌고 베라는 분장을 맡았다. 미리 제대로 된 식사를 하기엔 너무 일렀지만 저녁을 먹지 않고 학교에 머무르기엔 너무 늦은 시간이어서 어쩔 줄을 몰랐는데, 에밀리 빈슨이 남편을 통해 베라와 나 둘 다 6시에 집에 와서 커피와 샌드위치를 먹고 가라는 꽤 그럴듯한 제안을 해왔다. 해럴드는 어디까지나 아내의 생각이라고 분명히 밝혔다.

그는 자기 아내가 그토록 짧고 간단한 식사를 대접하길 바랐다는 점에서(반드시 대접해야 한다고 우겼다는 게 해럴드의 표현이었다) 살짝 놀란 것 같았다. 해럴드는 학교 연극에 관여하지 않았다. 그는 개인적인 시간을 들여 자기 과목을 추가로 가르치는 일은 결코 불평하지 않았지만, 오직 퇴보한 청소년들만 선호하는 교외 오락 행사라고 스스로가 묘사하는 일에는 절대 관여하지 않겠다는 엄격한 정책을 세웠다. 하지만 그는 체스를 몹시 좋아해 수요일 저녁마다 9시부터 자정까지 3시간을 자신이 간사로 일하는 지역 체스 클럽에서 보냈다. 그는 꼼꼼하게 습관을 지키는 사람이라서 어떤 경우라도 수요일 저녁에 학교 활동이 있으면 그 없이 진행해야 했다.

그 짧고 특별한 것도 없었던 식사 시간에 오간 모든 말과 세부사항은(마른 햄 샌드위치는 너무 두껍게 잘렸고 커피는 인스턴트였다) 베라와 내가 형사법원에서 전부 진술한 내용이고 더는 그날의 장면을 생생하게 떠올릴 수 없겠다는 생각이 들 정도이다. 물론 그날 어떤 일이 있었는지 정확히 안다. 모든 말을 하나하나 떠올릴 수 있다. 다만 이제 눈을 감고 우리 네 사람이 앉은 그 저녁 식탁을 마음의 눈에 생생히 각인된 모습으로 볼 수가 없다는 말이다. 베라와 나는 재판정에 출석해 그날 빈슨 부부 둘 다 평소보다 더 불안해 보였고 특히 해럴드는 우리 두 사람이 그 자리에 없으면 좋겠다는 인상을 풍겼다고 진술했다. 그러나 뒤늦게 떠오른 생각일 수도 있다.

치명적인 사건은, 이렇게 부를 수 있다면 말이지만, 식사가 막바지를 향해 갈 때 일어났다. 그때는 지극히 평범한 일이었으나 돌이켜보니 비로소 중대한 일로 보였다. 에밀리가 식탁에 드리운 설명할 수 없는 침묵을 불편하게 의식하고 안주인으로서 자신의 임무를 자각했는지 뚜렷하게 분명한 노력을 시도했다. 그녀가 불안한 시선으로 남편을 올려다보며 말했다.

"오늘 아침에 아주 친절하고 예의 바른 일꾼 두 명이 찾아왔는데…."

순간 해럴드가 종이 냅킨으로 입술을 닦아내더니 신경질적으로 구겨버렸다. 아내의 말을 자르고 들어오는 그의 목소리는 이상하게 날카로웠다.

"에밀리, 여보. 오늘 저녁만은 당신의 시시콜콜한 집안일을 들려주지 않으면 안 되나? 오늘은 유난히 피곤했어. 게다가 나는 오늘 저녁 체스에 집중하려고 애쓰고 있단 말이야."

그게 전부였다.

최종 리허설은 계획대로 9시 무렵 끝났고 나는 해럴드의 집에다 도서관 책을 두고 왔는데 집에 가는 길에 들러 가져가면 안 되겠냐고 베라에게 물었다. 베라는 거절하지 않았다. 가엾은 그 여자는 집에 특별히 빨리 가고 싶다는 생각조차 없다는 인상을 풍겼다. 그 집까지 빠른 걸음으로 15분 정도 걸렸는데, 우리가 도착했을 때 이미 뭔가 잘못되었음을 알 수 있었다. 자동차 두 대가 보였는데 한 대는 지붕에 푸른 경광등이 달린 차였고 또 한 대는 집 옆에 조심스럽게 세워졌지만 틀림없이 구급차였다.

베라와 나는 얼른 서로를 흘낏 보고 앞문으로 달려갔다. 문은 닫혀 있었다. 초인종을 누르지 않고 집 옆으로 돌아갔다. 부엌으로 이어지는 뒷문이 열려 있었다. 집 안에 거구의 남자들이 가득했다. 두 명은 제복 차림이었다. 한 여자 경찰관이 엎드린 에밀리 빈슨 위로 몸을 숙이고 있었다. 집을 청소하러 오는 월콕스 부인도 와 있었다. 상급자인 게 분명한 사복 차림 경찰에게 베라가 우리는 빈슨 부부의 친구이며 그날 저녁 함께 식사했다고 설명하는 소리가 들렸다.

"무슨 일이에요?"

베라가 계속 물었다.

"무슨 일이 있었어요?"

경찰이 대답하기도 전에 월콕스 부인이 확고한 분노와 흥분으로 눈을 반짝이며 마구 털어놓았다. 경찰은 부인을 제지하고 싶은 눈치였지만, 그녀는 쉽게 물러나지 않았다. 어차피 부인은 사건의 첫 목격자였다. 그녀는 그 장면을 전부 알고 있었다. 혼란스럽게 끊기는 부인의 진술이 들려왔다.

"머리를 맞아서… 엄청나게 멍이 들고… 나무 바닥에 남자가 부인을 끌고 간 자국이 온통… 이제야 겨우 정신이 들었는지… 그게 사람 껍질을 쓴 악마지… 가스 오븐 안에 방석을 깔고 거기 머리를 대고는… 아유, 딱해라… 내가 9시 20분에 딱 맞춰 왔단 말이지… 수요일 밤마다 함께 컬러 TV를 봤다고… 평소처럼 뒷문이 열려 있길래… 부엌 식탁에 쪽지가 있더라고…."

순간 진통 중인 짐승처럼 바닥에 엎드려 끙끙대며 신음하다 울부짖다 몸부림치던 에밀리가 갑자기 몸을 일으키더니 거듭 외쳤다.

"내가 쓰지 않았어요! 내가 쓰지 않았어요!"

"그러면 해럴드 빈슨 씨가 부인을 죽이려고 했다는 말인가요?"

베라가 윌콕스 부인에게서 고개를 돌려 미심쩍은 눈빛으로 도무지 속을 알 수 없는 경찰의 신중한 얼굴을 바라보았다. 상급 경찰관이 끼어들었다.

"자, 윌콕스 부인은 그만 댁으로 돌아가는 게 좋겠습니다. 구급차가 와 있어요. 오늘 밤 경찰관이 진술을 받으러 부인을 찾아갈 겁니다. 에밀리 빈슨 부인은 우리가 보살펴 겠습니다. 월콕스 부인이 해줄 일은 없어요."

경찰이 이번에는 베라와 내 쪽을 돌아보며 말했다.

"두 분이 오늘 저녁 여기 왔었다면, 말씀을 듣고 싶군요. 경찰이 체스 클럽에서 해럴드 씨를 데려오는 중입니다. 두 분은 거실에서 기다려주십시오."

베라가 물었다.

"하지만 해럴드 씨가 부인을 때려서 기절시키고 가스 오 븐에 머리를 집어넣었다면, 왜 부인은 죽지 않았죠?"

대답한 사람은 월콕스 부인이었다. 부인은 집 밖으로 안 내받아 나가는 동안 의기양양하게 몸을 돌리고 말했다.

"개조 때문이죠. 오늘 아침 천연가스를 연결했거든요. 그 북해 천연가스 어쩌고 하는 거요. 그건 독성이 없대요. 오늘 아침 9시가 조금 넘어서 가스위원회에서 두 남자가 찾아왔 더라고요."

경찰이 에밀리 빈슨을 들것에 옮기고 있었다. 절망적으 로 울부짖는 에밀리의 목소리가 우리에게도 들려왔다.

"남편에게 말하려고 했어요. 두 분도 기억하죠? 남편이 뭐라고 하는지 들었죠? 나는 말하려고 했다고요."

＊

　유서는 빈슨 재판의 증거품 중 하나였다. 과학수사연구소에서 나온 문서감식 전문가가 위조된 거라고, 영리한 위조품이긴 하지만 에밀리 빈슨의 글씨는 아니라고 증언했다. 남편의 작품이라는 의견을 제시할 수는 없었지만, 종이는 거실 책상에서 발견된 메모장에서 뜯어낸 게 확실하다고 했다. 쪽지의 글씨는 피고인의 평소 필적과는 전혀 닮지 않지만 감식 전문가가 보기에 에밀리가 쓴 것도 아니었다. 감식 전문가는 자신의 의견을 뒷받침할 기술적 이유를 상당수 제출했고 배심원단은 그의 말을 경청했다. 사실 그들은 놀라지 않았다. 그 쪽지를 에밀리가 쓰지 않았음을 알았다. 그녀가 증인석에 서서 그렇게 말했다. 그리고 다들 마음속에 누가 그 쪽지를 썼는지 확신을 품었다.

　다른 감식 증거도 있었다. 윌콕스 부인이 말한 '나무 바닥에 남자가 부인을 끌고 간 자국'은 길지만 얕게 긁힌 자국으로 점점 줄어들다가 거실문 바로 안쪽에서 멈췄다. 하지만 심각하게 긁히지는 않았다. 에밀리 빈슨의 구두 뒤축이 만든 자국이었다. 그녀가 사용한 바닥 광택제의 흔적도 발견되었는데, 신발 밑창이 아니라 긁힌 굽 옆쪽에서 발견되었다. 또 바닥 상처에서 그녀가 쓰는 구두 광택제 흔적도 발견되었다.

지문감식반도 증거를 제출했다. 그때까지 나는 지문감식 전문가가 대부분 민간인이라는 사실을 알지 못했다. 증거가 될 만한 고리 모양, 회오리 모양의 표면을 끊임없이 꼼꼼하게 살펴보아야 한다니, 틀림없이 지루한 일일 것이다. 눈도 나빠질 것이다. 이 사건의 경우 어떤 지문도 발견되지 않았다는 사실이 중요했다. 가스 오븐 손잡이는 깨끗이 닦여 있었다.

그 소식을 듣고 배심원단이 우쭐거리는 모습이 눈에 보이는 것만 같았다. 완벽한 실수였다. 검사가 굳이 오븐 손잡이에 에밀리의 지문이 묻어 있어야 했다고 지적할 필요도 없었다. 마지막으로 요리를 한 사람은 에밀리였다. 살인자가 더 영리했다면 원래 있던 지문을 건드려도 자기 지문은 남지 않게 하도록 장갑만 끼면 되었을 것이다. 가스 오븐 손잡이를 깨끗하게 닦아버린 것은 지나치게 조심한 행위였다.

에밀리 빈슨은(조용하고, 고통스럽지만 용감하게, 남편에게 불리한 증언은 분명하게 꺼리면서) 증인석에서 매우 유능한 모습을 보여주었다. 평소 내가 아는 그녀의 모습이 아니었다.

그녀는 남편에게 밤 9시 이후 윌콕스 부인과 함께 텔레비전을 보기로 했다고 말하지 않았다. 근처에 사는 윌콕스 부인은 해럴드 씨가 체스 클럽에 가는 수요일 밤마다 에밀리와 두어 시간 정도를 함께 보냈지만, 그녀는 해럴드에게 말하고 싶지 않았다. 해럴드는 사람들을 집에 초대하는 것을 좋아하지 않았으니까.

에밀리는 배심원단에게 남편이 금지한 인간적 접촉을 열망한 나머지 남편에게 들키지 않을 게 분명한 시간에만 청소부 여자와 함께 유명 TV 프로그램을 몰래 시청하는, 억압받는 무지한 아내의 모습을 그림 그리듯 선명하게 전달했다. 나는 해럴드의 자신만만하고 완고한 가면을, 피고석 가장자리를 움켜잡은 손을 보면서 그가 지금 무슨 생각을 할지 상상해보았다. 어쩌면 이렇게 말하고 있을지도 몰랐다.

'그 여자를 거실에 들이지 않아도 윌콕스 부인과 시시콜콜한 집안일 수다를 나눌 수 있잖아요. 내 생각에는 별로 흥미롭지도 않은 그런 이야기들 말이에요. 그 여자는 자기 분수를 알아야 해요.'

재판은 오래 걸리지 않았다. 해럴드는 똑바로 앞을 보고 자신이 저지른 일이 아니라고 고집스럽게 되풀이하는 것

말고는 달리 자기방어를 하지 않았다. 그의 변호사는 최선을 다했지만, 실패를 예감하고 체념한 사람의 완고한 끈질김으로 일관했고 배심원단은 이번만은 이해할 수 있는 명쾌한 사건을 맞이했다는 사실에 기뻐하는 표정을 숨기지 않았다. 평결은 피할 수 없었다. 이어진 이혼 심리는 더 짧았다. 남편이 살해 시도로 징역형을 살고 있다면 결혼생활이 돌이킬 수 없게 무너졌다고 판사를 설득하기가 어렵지 않았다.

이혼 확정 판결이 나고 두 달 후 에밀리와 나는 결혼했고, 나는 조지 왕조 시대 저택과 강이 내려다보이는 전망과 섭정 시대 가구를 차지했다. 물리적인 소유물에 관해서는 내가 무엇을 얻었는지 분명히 알 수 있었다. 그러나 아내에 관해서는 확신이 서지 않았다. 그녀가 내 지시를 유능하게 실행에 옮긴 일에는 뭔가 거슬리는 점이, 심지어 약간 오싹하기까지 한 점이 있었다. 물론 특별히 어려운 일은 아니었다.

우리는 내가 그녀의 초상화를 그리던 시기에 함께 계획을 세웠다. 계획이 빈틈없이 완성되기 며칠 전에 그녀가 구해온 종이에 내가 거짓 자살 쪽지를 써서 그녀에게 건넸다. 우리는 언제 가스가 개조되는지 알았다. 그녀는 내 지시대로 부엌 식탁에 그 쪽지를 올려놓고 광택제로 윤을 낸 바닥에 자기 구두 뒤축을 긁었다. 심지어 제 뒤통수를 인상적인 멍이 생길 만큼 충분히 세게 부엌 벽에 부딪되, 오븐 바닥에 머리를 댈 쿠션을 깔고 가스 오븐 손잡이를 돌려 연후 손수건으로 손잡이를 깨끗하게 닦아내는 마무리를 망칠 만큼 심하게 부딪치지는 않아야 하는 유일하게 까다로운 부분마저도 아주 아름답게 해냈다.

그녀가 이토록 뛰어난 배우라는 사실을 누가 상상이나 했겠는가? 때로 "나는 말하려고 했어요… 나는 말하려고 했다고요!"라고 고통스러운 짐승처럼 울부짖는 모습을 떠올리면 그 비범한 눈 뒤에서 무슨 일이 벌어지고 있는지 다시 궁금해진다. 그녀는 당연히 지금도 연기 중이다. 특히 우리가 함께 있을 때, 내가 그녀에게 말할 때마다 그녀가 내게 보여주는 그 온순하고 애원하는 얻어맞은 개의 표정을 볼 때마다 미치도록 화가 난다. 그러면 나도 모르게 몰인정해진다. 어쩌면 의도된 일일지도 모른다. 나는 가학 성향으로 악명을 얻을까 두렵다. 사람들은 더는 이 집에 오고 싶어 하지 않는 것 같다.

물론 한 가지 해결책이 있고, 내가 그 해결책을 숙고해 본 적이 없다고 말할 수는 없다. 순전히 집을 빼앗기 위해 다른 사람을 죽여본 사람이라면 또 한 번의 살인을 그리 까다롭게 생각하지는 않을 것이다. 그리고 그것은 살인이었다고 인정해야겠다.

해럴드는 겨우 9개월 형을 살다가 단순한 독감의 공격으로 감옥 병원에서 죽었다. 어쩌면 그의 직업은 삶과 같았을 것이고 소중한 학생들이 없는 생활은 살려는 의지를 꺾어버렸을 것이다. 아마 아내의 배신이라는 끔찍한 기억을 안고 살고 싶지 않았을지도 모른다. 쩨쩨한 군림과 성마름, 신랄함 밑에 일종의 사랑이 숨어 있었을지도 모른다.

그러나 나는 가장 확실한 선택지를 차단당하고 말았다. 한 달 전 에밀리가 문제를 제기하는 나약한 어린아이처럼 재빨리 내 눈치를 보면서 고백서를 써서 변호사에게 맡겨두었다고 말했다.

"혹시 내게 무슨 일이 생길지도 모르니까요, 여보."

그녀는 우리 두 사람이 가엾은 해럴드에게 가한 짓 때문에 마음이 괴로워서 모든 이야기를 세세하게 글로 써두었고 자신이 죽은 뒤 마침내 진실이 알려지고 해럴드의 누명이 벗겨질 게 분명하니 한결 기분이 좋아졌다고 말했다. 그녀는 자신보다 내가 먼저 죽는 쪽이 오히려 내게 이로울 거라는 말을 이보다 더 명백할 수 없게 전달했다.

나는 이 집을 얻기 위해, 에밀리는 나를 얻기 위해 해럴드 빈슨을 죽였다. 대체로 그녀에게 더 이로운 거래였다. 몇 주 후면 나는 이 집을 잃게 된다. 에밀리가 집을 매물로 내놓았다. 내가 그녀를 막으려고 할 수 있는 일은 전혀 없었다. 이 집은 내가 아니라 그녀의 소유였으니까.

우리가 결혼한 후 나는 교사직을 포기했다. 에밀리의 새 남편이 되어 동료들을 만나기가 당혹스러웠다. 누가 의심을 할까 봐 그런 것은 아니었다. 그들이 왜 의심을 하겠는가? 범죄가 일어난 시각, 내겐 완벽한 알리바이가 있었다. 그러나 나는 그 완벽한 공간에서 살면서 결국 화가가 될지도 모른다는 꿈을 품었고, 그것은 가장 원대한 망상이었다.

사람들이 진입로 끝에 걸어놓은 '바람직한 거주지 매물' 안내판을 떼어내고 있다. 에밀리는 집과 가구를 상당히 좋은 가격에 팔았다. 런던 북부 행정가 주택단지에 작지만 거창한 벽돌집을 사고도 남는 돈이다. 이제 그곳이 나의 새장이 될 것이다. 모든 게 팔렸다. 우리는 가스 오븐을 제외하고 어떤 물건도 가져가지 않을 것이다. 내가 항의했을 때 에밀리가 지적했듯이, 뭐하러 그러겠는가? 그게 완벽한 일 처리 절차였다.

밀크로프트 씨의 생일

MR MILLCROFT'S
BIRTHDAY

밀드레드 밀크로프트는 재규어 자동차의 조수석에 앉아
〈타임스〉를 탁탁 쳐서 사회면을 읽기에 좋은 상태로 만들
었다. 밀드레드가 말했다.

"신문 보니까 아버지랑 생일이 같은 유명인사가 많네."

그녀는 유명인사들의 이름을 읽어주고 덧붙였다.

"아버지가 알면 좋아하겠다. 대단한 우연이야."

로드니 밀크로프트는 불만스러웠다. 아버지도 남매도
신문에 언급된 유명인사 가운데 개인적으로 아는 사람이
한 명도 없는데, 생일이 겹치는 일을 여동생이 왜 경사스러
운 우연으로 여기는지 이해할 수가 없었다. 게다가 자기가

운전하는 동안 옆에서 신문을 읽지 않았으면 싶었다. 계속해서 바스락거리는 소리가 주의를 산만하게 했고 더 위험하게는 밀드레드가 커다란 신문 낱장을 펼칠 때마다 순간적으로 시야를 막았기 때문이다.

밀드레드가 법원 동정, 출생, 결혼, 부고까지 모두 훑은 후 신문을 탁탁 때려 원래 모양으로 만든 다음(물론 발행인이 의도한 모양이라고 볼 수는 없었다) 뒷좌석에 놓은 고리버들 피크닉 바구니 위로 던졌을 때야 로드니는 비로소 마음이 놓였다.

이제 밀드레드는 원래 여행의 목적에 집중할 수 있었다. 밀드레드가 말했다.

"보온병에 담은 커피 말고 푸이퓌세 백포도주도 한 병 넣었어. 도착하자마자 도겟 부인이 냉장고에 넣어주면 떠나기 전에는 마실 만한 상태가 될 거야."

로드니 밀크로프트가 전방 도로에 시선을 고정하고 말했다.

"아버지는 샴페인이 아니라면 백포도주는 전혀 좋아하지 않아."

"알아. 하지만 샴페인은 좀 지나친 게 아닐까 싶었어. 도겟 부인은 메도스위트 크로프트 곳곳에서 샴페인 코르크를 터뜨리는 걸 좋아하지 않을 거야. 다른 거주자들도 동요할 테고."

로드니는 단 셋이서 벌이는 조촐한 생일 축하 자리에 터뜨릴 샴페인 코르크는 단 하나면 족하고 그 정도로 메도스위트 크로프트의 노인 거주자들 사이에서 흥청망청 술잔치를 벌이지는 못할 거라고 지적할 수도 있었다. 그러나 그는 논쟁을 벌일 기분이 아니었다. 아버지에 관해서라면 남매는 동맹이 되어 20년 넘도록 그 까다로운 노인을 함께 공격하고 방어해왔는데, 화합을 유도하는 이 공동의 자극제가 없었다면 남매 간 우애의 존재를 지속하기 어려웠을 것이다. 로드니가 말했다.

"오늘은 휴가를 내기가 유난히 어려웠어. 중요한 환자분들에게 상당한 불편을 끼쳐 가며 수많은 진료 일정을 다시 조정해야 했지."

로드니 밀크로프트는 피부과 전문의로 수익성이 꽤 좋고 규모도 크며 골치 아플 일도 거의 없는 병원을 운영했다. 그가 상대하는 환자는 한밤중에 그를 호출할 일이 거의 없었고, 그의 눈앞에서 죽음을 맞지도 않았으며, 완전한 치료도 어려웠기에 그는 평생 환자가 끊길 일이 없었다.

밀드레드는 자기 역시 시간을 내기 편한 날은 아니었다고 반박하고 싶었다. 그녀가 없으면 합당한 결정을 내리리라 기대하기 어려운 지역 의회 재정 및 다목적 위원회 회의에 빠져야 했다. 더욱이 피크닉 준비의 불편을 떠안은 사람도 그녀였다. 메도스위트 크로프트의 관리인인 도겟 부인이 전화로 거주자들을 위한 생일 케이크를 곁들인 티 파티가 4시에 준비되어 있다고 알려주었고, 밀드레드는 이 무시무시한 축하 자리를 피하기 위해 남매는 그곳에서 점심 식사만 할 수 있으니 아버지 방이나 정원에서 먹을 만한 피크닉 음식을 준비해 가겠다고 단호히 말했다. 음식을 나누는 것도 밀드레드의 몫이었기에 약간의 곤란을 겪었다. 피크닉 바구니 안에는 샐러드, 훈제연어, 소 혓바닥 요리, 차가운 닭고기, 과일 샐러드와 크림까지 들었다. 그녀는 이 맛있는 것들을 하나하나 열거하며 말했다.

"나야 아버지가 좋아하기만을 바랄 뿐이야."

"아버지는 지난 40년 동안 우리 중 누구에게도 고맙다는 표시를 내지 않았어. 아무리 푸이뛰세 포도주나 80번째 생일 같은 것들이 자극을 준다 해도 이제 와서 고마워할 것 같지는 않아."

"아버지는 모티머 삼촌이 물려준 3백만 파운드를 우리에게 양도한 일로 이미 충분히 마음을 표시했다고 주장할걸.

당신께서 너그러웠다고 말할 거야."

"그걸 너그러움이라고 볼 수는 없지. 상속세를 피하기 위한 극도로 분별력 있고 합법적인 수단에 불과해. 어차피 가문의 돈이었잖아. 아버지는 우연히 그 선물을 7년 전 오늘 주었을 뿐이야. 아버지가 내일 당장 죽어도 세금을 한 푼도 안 내도 돼."

두 사람은 이번 생일이야말로 축하할 가치가 있다고 생각했다. 하지만 밀드레드는 끊임없이 반복되는 불만으로 돌아갔다.

"아버지는 죽을 마음이 없고, 나도 아버지를 원망하지 않아. 내가 신경을 쓰든 말든 아버지는 20년은 더 살 수 있을 거야. 내가 바라는 건 단지 메이트랜드 로지로 옮기고 싶다는 집착을 이제 그만 내려놓으란 거야. 아버지는 메도스위트 크로프트에서 완벽하게 보살핌을 받고 있잖아. 이 양로원은 운영도 잘되고 있고 도겟 부인도 유능하고 숙련된 관리인이야. 지역 당국도 노인 돌봄 서비스에 관한 평판이 아주 좋고. 아버지가 거기 있는 건 행운이야."

로드니는 기어를 바꾸고 조심스럽게 양로원으로 향하는 교외 도로에 접어들었다.

"우리가 1년에 6만 파운드가 넘는 메이트랜드 로지 입주

비용을 감당할 수 있다고 생각한다면 이제라도 아버지는 현실을 똑바로 바라봐야지. 정말 바보 같은 생각이잖아."

남매는 이전에도 이 대화를 여러 번 나누었다. 밀드레드가 말했다.

"이게 다 그 밉살맞은 준장이 거기 살면서 아버지를 꾀기 때문이야. 그 사람, 심지어 아버지를 그 양로원에 데려가 하루를 같이 보냈다지? 두 사람이 오랜 친구 사이도 아닌 것 같아. 그저 골프장에서 만난 사람에 불과하지. 그 준장이 여러모로 아버지에게 나쁜 영향을 끼치고 있어. 메이트랜드 로지 사람들은 왜 그 사람을 자꾸 밖으로 나돌아다니게 놔두는지 모르겠어. 그 사람은 자동차를 빌려서 자유롭게 전국을 누비고 다니나 보더라고. 양로원에 머물러야 할 만큼 늙고 허약한 노인이라면 계속 거기 있게 감시해야 하는 거 아니야?"

로드니와 밀드레드 둘 다 아버지 오거스터스가 계속 메도스위트 크로프트에 머물러야 한다는 생각이 분명했다. 여든 살이나 되었지만 아버지는 특별히 허약하지 않았고 스스로 요리를 포함해 그가 여자들의 일이라고 치부하는 모든 일을 할 수 있었다. 그러나 알코올 중독자이거나 도벽이 있거나 미친 사람을 제외한 나머지 가정부들을 신랄한 말버릇으로 연달아 쫓아낸 경력이 있어서 양로원에 살 수밖에 없게 되었다.

그래서 남매는 상당한 시간과 수고를 들여 아버지가 메도스위트 크로프트에 들어가도록 설득했다. 아버지에게는 아니었지만, 남매에게는 큰 위안이 되었다. 어쩌다 양로원을 방문할 때마다 남매는 아버지에게 운이 아주 좋은 노인이라고 말했다. 심지어 아버지는 독방을 써서 평생 취미의 결과물인 선박 모형을 조립해 넣은 빈 병들을 전시해둘 수도 있었다.

메도스위트 크로프트는 근처에 메도(meadow, 목초지)가 전혀 없었고 크로프트(croft, 작은 농장)도 없었으며 '스위트'한 면도 가구 광택제의 레몬 향뿐이었다. 그러나 운영이 잘 되었고 공격적일 만큼 청결했으며 식단 역시 노인 식이에 관한 현대 이론에 따라 신중하게 균형을 맞췄기 때문에 맛깔스러울 거라고 기대하기는 어려웠다. 도겟 부인은 주 등록 간호사였지만 메도스위트 크로프트가 요양원처럼 보이는 걸 원치 않았고, 또 친애하는 노인들이 스스로 노약자로 생각하게 부추겨서는 안 되었기에 간호사 제복을 입거나 간호사 직함을 사용하지 않는 쪽을 선호했다.

도겟 부인은 운동과 긍정적인 사고, 의미 있는 활동을

격려했지만, 가끔 노인 거주자들이 원하는 활동이란 〈미드소머 머더스〉*나 〈월랜더〉**의 흥미진진한 장면이 펼쳐지는 동안 혹여 누가 몰래 다가올까 싶어 방어라도 하는 것처럼 라운지 벽에 모든 의자 등받이를 굳건하게 붙여놓고 텔레비전을 보는 게 전부임을 깨닫고 살짝 낙담하기도 했다.

사실 노인들은 평생 운동과 긍정적인 사고와 의미 있는 활동을 해왔다. 도겟 부인과 양로원 거주자들은 딱 하나 핵심적인 오해를 제외하면 그럭저럭 잘 지낸다고 말할 수 있었다. 부인은 노인들이 방종하고 태만하게 살려고 메도스위트 크로프트에 오지 않았다고 생각하는 반면, 노인들은 그러려고 왔다고 생각했다. 그러나 노인들은 여기보다 훨씬 더 나쁜 곳이 있음을 인정했고(자기 무덤) 도겟 부인도 꽤 빈번하게 자신은 친애하는 노인들을 사랑한다고, 진정 사랑한다고 선언했으며 그때마다 오로지 진실만을 말했다. 노인들을 보다 효과적으로 사랑하기 위해 부인은 노인들이 절대 자기 시야에서 벗어나지 못하게 했다.

양로원의 건축 양식은 도겟 부인의 끊임없는 감시에 도

---

* 1997년 처음 방송된 영국의 탐정 드라마
** 스웨덴 작가 헨닝 망켈의 발란데르 시리즈 소설을 개작해 2008년 처음 방송된 영국의 탐정 드라마

움을 주었다. 중앙에 잔디밭과 단호하게 성장을 거부하는 단 한 그루의 나무, 봄에는 다양한 구근식물이 여름에는 제라늄이 가을에는 달리아가 피는 반듯한 배치의 화단 네 곳으로 구성된 안뜰이 있고 단층 U자형 건물이 그 주위를 두르고 서 있었다. 안뜰에는 여름철 거주자들이 햇볕을 쬘 수 있도록 견고한 나무 벤치가 놓였다. 벤치마다 추모하는 이의 명판이 붙어 있어서 벤치 사용자들에게는 도겟 부인의 노인들보다 마음을 덜 괴롭히는 죽음의 상징이 되어주었다. 안락하지 않은 벤치는 실제로 파손할 수 없게끔 견고하게 만들어져서 거주자들은 벤치를 늘릴 생각을 전혀 하지 않았다.

탁자도 없이 일렬로 박혀 있는 딱딱한 벤치에 앉아 만족스러운 피크닉을 즐기기가 쉽지 않았다. 밀드레드가 사려 깊게 준비한 커다란 종이 냅킨을 각자 무릎에 깔고 나란히 앉아 그녀가 나눠주는 연어와 햄, 상추와 토마토를 받았다. 다른 벤치에 사람이 없었지만(이곳 거주자들은 신선한 공기를 별로 좋아하지 않았다) 안뜰 건너편에서 도겟 부인이 이 피크닉 무리를 향해 사무실 창문으로 이따금 격려의 손짓을 보내는 동안 호기심 어린 눈들의 주목을 받았다. 오거스터스 밀크로프트는 말없이 실컷 먹었다. 피상적인 대화가 오가다가 과일 샐러드까지 다 먹자 오거스터스는 남매의 예상대로 오래된 불평을 시작했다. 남매는 그 이야기를 조용히 다 들었고 마침내 로드니 밀크로프트가 말했다.

"죄송해요, 아버지. 하지만 그건 불가능해요. 메이트랜드 로지는 1년에 6만 파운드나 들고 그 비용도 거의 확실하게 오를 거예요. 우리 자본으로는 버틸 수 없는 비용이에요."

"내가 아니었다면 너희가 가질 수 없었을 자본이지."

"아버지가 모티머 삼촌에게 받은 유산의 상당 부분을 저와 밀드레드에게 넘겨주신 점, 당연히 감사해요. 그 돈을 헛되이 쓰지 않겠다고 약속드릴 수 있어요. 아버지도 저희가 재정적으로 성실하고 총명하다는 확신이 없었다면 그 자본을 넘기지 않았을 거예요."

"난 빌어먹을 정부가 왜 그 돈을 가져가야 하는지 이해할 수가 없었다."

"제 말이요."

"하지만 지금은 내가 왜 말년에 약간의 안락도 누릴 수 없는지 이해할 수가 없구나."

"아버지는 이곳에서 완벽하게 안락도 누리고 계세요. 이 정원, 정말로 좋네요."

"이 정원은 지옥이다."

"모티머 삼촌도 아버지에게 유산을 남겼을 때 가문의 재산이 제대로 투자되고 다시 아버지 자녀와 손주들에게 전달될 거라 생각했을 거예요."

"모티머는 그런 생각을 품은 적이 없었다. 우리가 모두 함께 펜틀랜즈 저택에 모였던 그 마지막 크리스마스에 모티머가 휴일이 끝나자마자 변호사를 불러 유언장을 고칠 생각이라고 했어."

"지나가는 변덕이었겠죠. 원래 노인들은 그렇잖아요. 게다가 삼촌에겐 그럴 기회조차 없었고요."

"아니, 내가 그렇게 한 거지. 그래서 내가 모티머를 죽인 거야."

이 진술에 관해 밀드레드가 할 수 있는 유일한 반응은 "대체 무슨 말을 하는 거예요, 아버지?"뿐이라고 느꼈다. 그러나 별로 논리적인 질문이 아니었다. 아버지의 목소리는 당혹스러울 만큼 크고 뚜렷했다. 밀드레드가 합당한 반응을 찾는 동안 로드니가 차분하게 말했다.

"정말 말도 안 되는 소리예요, 아버지. 삼촌을 죽였다고요? 어떻게 죽였는데요?"

"비소로 죽였지."

겨우 할 말을 찾은 밀드레드가 말했다.

"모티머 삼촌은 위염 합병증으로 심장이 나빠지고 바이러스성 폐렴이 겹쳐 죽었어요."

"비소 합병증이었다."

"비소는 어떻게 구했어요, 아버지?"

로드니의 목소리는 신중하고 차분했다. 자기 좌석 가장자리에 등을 꼿꼿하게 펴고 앉은 여동생과 달리 그는 노인의 환상을 받아주느라 약간의 시간은 낭비할 준비가 된 사람처럼 벤치의 딱딱함이 허락하는 한도 안에서 최대한 느긋한 자세로 등을 기댔다.

"모티머의 정원사였던 스몰본에게서 얻었지. 스몰본은 민들레를 없애는 데 비소만 한 게 없다고 말하곤 했어. 모티머는 비소를 발견하고 그토록 위험한 물질을 자기 집 근처에 놔둘 수는 없으니 당장 없애라고 명령했지. 하지만 스몰본은 아주 적은 양의 비소를 구식의 푸른 약병에 담아 보관해두었다. 그걸 지니고 있으면 힘이 느껴진다고 하더구나. 나는 스몰본의 말을 이해할 수 있었다. 특히 스몰본이 자기 주인을 어떻게 생각하는지 아는 나로서는 그가 모티머에게 그 약을 쓰지 않았다는 사실이 놀라웠어. 나는 스몰본이 정원 헛간 어디에 그 약을 숨겼는지 알았고, 스몰본이 죽은 후에 훨씬 더 은밀한 곳에 감추어 두었다. 그

걸 지니고 있으니 나 역시 힘이 느껴지더구나. 스몰본은 비소는 세월이 흘러도 약효가 약해지지 않는다고 했는데, 그 말도 확실히 옳았다."

로드니가 냉소적으로 대꾸했다.

"아버지가 삼촌 약에 비소를 탔을 때 그 고약하기로 악명 높은 비소 맛을 느끼고도 모티머 삼촌이 잘도 꿀꺽 삼켰다는 말이로군요."

아버지는 곧바로 대답하지 않았다. 남매를 옆 눈길로 바라보는 그의 시선에는 자기만족과 머뭇거리는 교활함이 섞여 있었다. 그가 말했다.

"기왕 이야기를 꺼냈으니 어떻게 된 일인지 전부 들려주는 게 좋겠다."

로드니는 주춤거리며 말했다.

"당연하죠. 물론 전부 꾸며낸 이야기겠지만, 아버지가 먼저 시작했으니까 마무리를 하는 게 좋겠어요."

"크리스마스라고 너희가 삼촌한테 사다준 부드러운 크림이 든 1파운드짜리 벨기에 초콜릿 상자를 기억하는지 모르겠다. 우선 모티머가 그 선물을 개탄스러울 만큼 부적절하게 여겼다는 말부터 해야겠다. 아마 그것 때문에 유언장을 바꿀 결심을 했을지도 모르지."

밀드레드가 말했다.

"모티머 삼촌은 부드러운 크림이 든 초콜릿 중독이었고 그 초콜릿은 우리가 살 수 있는 것 중에서 가장 비쌌어요."

"아, 나도 안다. 너희 둘 다 초콜릿 가격을 얼마나 자주 대놓고 말했는지, 모티머의 간호사였던 제닝스 부인마저도 (공교롭게 아직 살아 있다는구나) 그 선물을 확실히 기억할 거다. 내가 가지고 있던 비소는 흰 가루 형태였어. 나는 작고 예리한 칼로 페퍼민트 초콜릿 밑 부분을 도려내고 그 안에 든 페퍼민트 크림 대신 비소를 넣었다. 뭐, 그리 독창적인 방법이라고는 못하겠지만 효과는 확실하더라."

그의 아들이 말했다.

"손이 많이 가는 일이었겠네요. 들킬 두려움이 없었다면 선뜻 나서지 못했을 정도로요."

"빈 병 속에 범선 모형을 조립해온 사람한테야 비교적 간단한 일이었다만. 어차피 모티머는 초콜릿을 자세히 살펴볼 새도 없었다. 내가 침대에서 부축해 입안에 쏙 집어넣었거든. 모티머는 한입에 삼켜버렸단다."

"맛이 이상하다고 불평하지 않던가요?"

"불평했지만 내가 곧바로 라스베리 크림을 입에 넣어주고 독한 진으로 씻어내리게 했지. 당시 모티머는 마음이 그리 안정적이지 못했어. 처음 먹은 초콜릿의 쓴맛을 오해한 거라고 했더니 쉽게 넘어가더라."

"그 비소 병은 어떻게 했죠?"

두 번째 침묵이 드리우고 두 번째 교활한 잔꾀의 표정이 스쳤다. 이윽고 아버지가 말했다.

"벼락 맞은 떡갈나무에 숨겼다."

설명이 필요하지 않았다. 남매 둘 다 아버지가 정확히 무엇을 말하는지 알았다. 펜틀랜즈 저택 부지 외곽에 있는 커다란 떡갈나무는 남매에겐 유년의 나무였고, 아버지에게도 마찬가지였다. 이 나무는 1900년대 초 악명 높은 태풍 때 벼락을 맞았지만, 여전히 그대로 서 있었고 가지의 구조도 나무에 오르기 좋게 되어 있었으며 갈라진 줄기 틈은 어린아이가 몸을 숨길 수 있을 만큼 커다란 은신처였다. 로드니 밀크로프트가 말했다.

"물론 전부 꾸며낸 이야기지만 다른 사람한테는 아무 말 하지 않는 게 좋겠어요. 아버지에겐 재미난 이야기고, 당연히 그 독창성에서 즐거움도 느끼겠지만, 다른 사람들은 다른 생각을 품을지도 모르니까요."

밀드레드가 곰곰이 생각하다가 불쑥 말했다.

"모티머 삼촌이 유언장을 바꿀 생각을 했었다는 말을 믿을 수 없어요. 그럴 이유가 없잖아요."

"모티머는 자기 재산이 너희 둘 중 한 사람에게 넘어갈 거란 생각을 참지 못했다. 로드니 너를 특히 못마땅하게 여겼지. 모티머가 마음 깊이, 진정 열렬히 사모한 여성을 로드니 네가 모욕했거든."

"어떤 여성이요? 저는 모드 숙모를 본 적도 없어요."

"모드 숙모가 아니야. 대처 부인을 말하는 거다. 네가 대처 총리의 내각에 들어가느니 차라리 피라냐 떼 사이에 뛰어드는 게 낫다고 말했잖니."

"농담이었어요."

"몹시 취향이 후진 농담이었지. 내가 그 비소를 떠올리지 못했다면 너의 비뚤어진 유머 감각 때문에 우리 가족은 상당한 재산을 잃을 수도 있었다."

밀드레드가 말했다.

"하지만 저는요? 제가 무슨 잘못을 저질렀는데요?"

"너는 행동보다는 존재 자체의 문제에 가까웠다. 탐욕스럽다, 이기적이다, 재치는 없고 고집만 세다, 이게 전부 모티머가 한 말이다. 심지어 신이 너를 여자로 만든 사실을 후회하는 표시로 네게 수염을 달아주었다고도 말하더구나. 다른 말들은 솔직히 지나치게 무례하니까 말하지는 않겠다."

밀드레드는 이런 혹평에도 눈썹 하나 까딱하지 않았다.

"바로 그게 증거예요. 삼촌은 착란상태였어요. 하지만 만에 하나 모티머 삼촌이 정말로 유언장을 바꿀 생각을 품었다면, 누구에게 유산을 남길 생각이라고 하던가요? 삼촌은 결점이 많은 사람이었지만 그래도 가문에 대한 애정이 컸잖아요. 가문 바깥 사람에게 유산을 남기지는 않았겠죠."

"물론 가문 사람에게 유산을 남길 생각이었다. 오스트레일리아에 사는 사촌들에게 전부 물려주려고 했어."

밀드레드가 울분을 토했다.

"40년이나 만나지도 못한 사람들인데! 게다가 그 사람들은 돈이 필요하지도 않아요. 양이 수백만 마리나 있는걸요."

"모티머 생각에 거기서 몇백만 마리 더 늘어도 괜찮겠다 싶었나 보지."

로드니가 조용하고도 불길한 목소리로 말했다.

"저희에게 이 이야기를 왜 하는 거예요, 아버지?"

"양심에 찔려서지. 나는 이제 늙어서 지상의 마지막 여행길에 서 있단다. 아무래도 잘못을 고백하고 이 세상과 조물주에게 마음의 평화를 구해야 한다고 느꼈어. 지난 7년 동안 너희는 권리 없는 돈을 소유했다. 나 역시 그 3백만 파운드를 상속받을 권리가 없었고, 너희에게 양도할 권리는 더더

욱 없었지. 이런 일들 때문에 이 노인네의 마음이 무겁기만
하구나. 게다가 메도스위트 크로프트의 전반적인 분위기가
자꾸 죄책감과 자책을 부추긴단다. 일요일마다 힌클리 목
사와 여성성가대가 찾아와 라운지 피아노 둘레에서 찬송가
를 불러줘. 또 목사 부인이 매달 지역 교회 소식지를 가져
다주는데, 늘 마음을 다독이는 설교가 실려 있지. 이 모든
일이 영향을 주지 뭐냐. 여기 음식도 그렇고, 말로 할 수 없
을 만큼 지루한 다른 거주자들도 그렇고, 도갯 부인의 목소
리와 입 냄새와 딱딱한 침대까지 전부 저기 지옥에서 아직
회개하지 않은 죄인이 오길 기다린다는 깨달음을 계속 전
해주지. 물론 내가 영원한 벌이 있다고 온전히 믿는 것은
아니지만, 메도스위트 크로프트에 살아야 한다면 어떤 섬
뜩한 게 자꾸 마음을 짓누르겠지."

긴 침묵이 이어졌다. 이윽고 로드니가 말했다.

"이것은 당연히 협박이고, 특히 아주 부적절한 협박이에
요. 누구도 아버지 말을 믿지 않을 거예요. 기껏해야 노인
의 헛소리가 노망을 만나 발전한 이야기로 받아들일걸요."

"하지만 사람들이 노망이 아니란 걸 알아챌 수 있지 않
을까?"

로드니가 계속 말했다.

"게다가 누가 아버지 말을 믿겠어요?"

"오스트레일리아 사촌들은 당연히 믿겠지. 난 그 사촌들에게 특히 죄책감을 느낀단다. 하지만 그들이 믿든 말든 그게 중요한 게 아니야. 다들 마음에 커다란 의문을 품을 거야. 아까도 말했지만, 너희는 딱하게도 삼촌에게 초콜릿을 선물하는 큰일을 저지르고 말았어. 게다가 내가 그 돈을 너희에게 양도했다는 사실도 있지. 전부 협박을 받아 벌인 일로 보일 거야. 밀드레드, 지역 의회가 이 이야기를 별로 좋아하지 않을 것 같구나. 또 로드니 넌 말이야, 너의 귀중한 환자들이 여드름 치료를 다른 병원에서 하지 않을까 싶다."

이번 침묵은 길고도 깊었다. 이윽고 로드니가 말했다.

"저희가 생각해보고 내일모레 결과를 알려드릴게요. 그동안 아무 말도, 아무런 행동도 하지 마세요. 내 말 알아들어요, 아버지? 아무 말도 하지 말아요."

로드니와 밀드레드는 아버지와 대화를 나누고 어찌나 심란해졌는지 냉장고에서 푸이퓌세 백포도주를 되찾아올 생각도 못 하고 메도스위트 크로프트를 떠났다. 도겟 부인은 이 포도주를 후원자 모임의 여름철 기금 마련 바자회에 제비뽑기 상품으로 내놓아도 되겠다고 생각했다. 이렇게 밀크로프트 씨는 생일축하주를 마시지 못했지만, 백포도주를 향해 느낀 실망감보다는 자녀의 생일축하 방문이 기대했던 것보다 잘 흘러간 기쁨이 더 커서 위안으로 삼았다.

✳

남매는 타운 외곽을 지나 조용한 시골길에 접어들자마자 길가에 차를 세웠다. 두 사람은 움직이는 차 안에서는 제대로 할 수 없는 결정을 내려야 했다. 잠시 후 밀드레드가 말했다.

"전부 말도 안 되는 일이야. 형제 사이가 좋았던 적은 없지만, 그렇다고 아버지가 삼촌을 죽였을 거라고는 생각하지 않아. 삼촌을 화장한 게 다행이긴 하네. 의사가 전혀 의심을 하지 않았다는 뜻이잖아."

"중산층 지인이 친척을 살해했을지도 모른다고 의심을 일삼는 의사라면 벌써 환자가 끊기고 말았겠지. 그리고 모티머 삼촌은 죽어가고 있었어. 정말로 아버지가 삼촌을 살해했다면…."

로드니는 다음 말을 내뱉기가 조금 어려웠다.

"자백한다고 해서 삼촌을 되살릴 수는 없어."

남매는 어떤 일도 삼촌을 되살릴 수 없다는 명백한 사실에 약간의 위안을 느꼈다. 잠시 후 밀드레드가 두 사람 모두 마음에 품고 있는 말을 꺼냈다.

"여기서 펜틀랜즈까지 3킬로미터밖에 안 돼. 아버지가 정말로 그 독약 병을 떡갈나무 속에 집어 던졌다면 아직도 그 자리에 있을 거야. 증거가 없다면 누구도 아버지 말을 진지하게 받아들이지 않겠지. 일을 미뤄봐야 소용없어. 지금이 적기야."

로드니가 말했다.

"펜틀랜즈 저택을 산 사람이 누구였더라? 기억나? 유언 집행인이 시세보다 싸게 팔았다는 말만 들었어."

"스윙글턴이라고 자식 없는 노부부가 샀을 거야. 노인들이 떡갈나무에 올라가지는 않았겠지."

"우리도 쉽게 찾을 수 있을지 모르겠다. 몸이 너무 커버려서 줄기 틈에 들어갈 수 없잖아. 약병이 거기 있다면 고리로 걸어서 *끄*집어내야 할 거야."

"어떻게 하지?"

"자동차 트렁크에 지팡이가 있어."

밀드레드가 말했다.

"실제로 약병을 발견하는 게 쉽지는 않을 거야. 아무리 화창한 5월이라도 줄기 안쪽은 어두컴컴할 테니까."

로드니가 살짝 흡족하게 말했다.

"나는 운전할 때마다 꼭 손전등을 가지고 다니지. 그걸 사용하면 돼. 문제는 저택 부지 안으로 들어가는 거야. 정문이 잠겨 있으면 담을 넘어가야 할 거야. 우리가 어렸을 때도 종종 그랬잖아."

안타깝게도 정문은 잠겨 있었다. 돌담 높이는 1.5미터 정도밖에 안 됐지만, 담을 넘어가기가 상당히 어려웠고, 결국 자동차 뒤에 실어놓은 접이식 의자를 가져와 겨우 넘어갔다. 지나가는 자동차들도 문제였다. 남매는 두 번이나 자동차 소리에 놀라 접이식 의자를 들고 풀밭 가장자리로 몸을 피해 희귀 식물을 찾는 척 굴었다. 로드니는 눈과 귀를 열어놓고 주위를 경계하는 와중에 여동생을 부축해 담으로 올려주는 일이 특히 어렵다고 생각했다.

밀드레드가 입은 딱 맞는 치마는 당혹스러운 장애물이었다. 담장에 올라 다리를 허우적거리는 사이 치마가 말려 올라가 하얀 속바지가 품위 없이 드러난 45세 숙녀의 건장한 모습은 특히 볼썽사나웠다. 로드니는 자신의 환자 중에서 가장 저명인사인 포테스큐 래클랜드 경이 지금 두 사람을 본다면 뭐라고 할지 생각하며 몸을 부르르 떨었고, 아버지가 협박을 실행에 옮겨 범죄를 고백하기라도 한다면 포테스큐 경이 또 뭐라고 할지 생각하며 이 원정을 반드시 성공시켜야겠다고 마음을 더욱 굳게 먹었다.

결국, 두 사람은 담을 넘어갔고, 의자와 지팡이를 챙겨 들고 담장 안쪽을 따라 기어서 벼락 맞은 떡갈나무로 향했다. 로드니는 의자 덕분에 어려움 없이 필요한 높이에 도달해 어둑한 줄기 틈 안쪽을 들여다보았다. 밀드레드가 건네준 손전등으로 안을 비춰 보니 시든 나뭇잎과 마른 도토리, 잔가지, 부러진 나무껍질, 그리고 꾸깃꾸깃하게 접힌 흰 비닐봉지가 보였다. 그리고 비닐봉지 옆에 훨씬 더 흥미로운 것이 보였다. 옆면에 골이 진 작은 암청색 약병이었다. 밀드레드가 조용히 말했다.

"거기 있어? 거기 있어?"

"응, 여기 있어."

그러나 병을 발견하기보다 병을 끄집어내는 게 훨씬 더 어려웠다. 로드니는 지팡이를 움직이면서 동시에 무거운 손전등을 들고 있기가 불가능함을 깨달았고, 결국 두 사람 모두 삐걱거리며 금방이라도 무너질 것 같은 의자 위에 올라갔다. 다행히 밀드레드가 낮게 드리운 나뭇가지에 왼쪽 팔을 둘러 체중을 조금 옮긴 덕분에 의자가 무너지는 참사를 피했다. 밀드레드가 손전등으로 떡갈나무 줄기 안쪽을 비추는 동안 로드니가 지팡이로 아래쪽을 긁었다. 일단 줄기 벽 쪽으로 약병을 조심스럽게 끌고 와 지팡이 고리로 걸어 올리는 게 계획이었다.

처음 시도했을 땐 오싹하게도 약병이 부드럽게 쌓인 나뭇잎 더미 속으로 가라앉는 바람에 시야에서 사라지는 위험이 있었다. 두 번째 시도에선 약병이 흰색 비닐봉지와 얽혔다. 약병이 두 번 로드니의 왼손이 닿을 만한 거리까지 올라왔지만 두 번 다 떨어지고 말았다. 그러나 숨결조차 약병을 떨어뜨릴까 두려워 입을 꾹 다문 채 시도한 세 번째에 마침내 로드니는 쭉 뻗은 왼손으로 약병을 낚아채는 데 성공했다. 로드니가 무사히 의자에서 뛰어내린 다음 여동생을 향해 손을 내밀었다.

"당신들 여기서 뭘 하는 겁니까?"

두 사람을 놀란 고양이처럼 풀쩍 뛰어오르게 하고 심장을 쿵쾅거리게 한 목소리는 당혹스러울 정도로 차분하고 권위적인 상류층 억양이었다. 고개를 돌리자 트위드 모자와 재킷을 입은 젊은 남자 둘이 보였다. 밀드레드는 두 사람이 사냥터 관리인이라고 생각했다가, 곧바로 생각을 고쳐먹었다. 펜틀랜즈 부지는 8천에서 1만2천 제곱미터에 달할 만큼 광활했지만, 사냥터를 만들기에는 적합하지 않았고, 눈앞의 젊은이들은 외모와 말투로 미루어 하인이라기보다는 저택의 아들들로 보였다. 그중 한 사람은 실제로 총을 들고 있었다. 순간 오싹한 공포가 몰려왔다.

로드니는 충격과 당혹감으로 아무 말도 할 수 없는 상태가 되었지만 밀드레드는 감탄스러울 정도로 빨리 정신을 차렸다. 밀드레드는 한껏 매력적인 말투로 말했다.

"우릴 무단 침입자로 생각하나 보군요. 현관문에서 초인종을 누르고 허락을 구할 수도 있었지만, 정문이 잠겨 있더라고요. 오빠와 저는 가문의 저택이었던 예전 삼촌 집을 찾아오고 싶었을 뿐이에요. 어린 시절 휴일이면 여기서 자주 놀았고, 이 오래된 떡갈나무는 유년기 추억의 일부가 되었답니다. 자동차를 타고 지나가다가 여기 들르고 싶다는 유혹을 이기지 못했어요."

키가 큰 젊은이가 차갑게 말했다.

"지팡이와 의자까지 갖추고요? 정확히 뭘 찾고 있었죠?"

그가 불쑥 손을 내밀고 약병을 가져갔다. 로드니가 말했다.

"저 안에 그게 보이기에 조금 궁금하더라고요. 물론 우리와는 아무런 상관도 없지만요."

"그렇다면 이건 우리가 가져가겠습니다. 제가 보기엔 독약 같은데, 안전한 곳에 보관해두겠습니다."

젊은이가 동행에게 말했다.

"헨리, 경찰에 알리는 게 좋을까?"

헨리는 태연했다.

"아니, 그럴 것까지야 없지. 두 사람 모두 비교적 악의가 없어 보여. 아니, 점잖아 보일 정도지. 물론, 외모만 봐서는 알 수 없겠지만. 하지만 이 약병은 우리가 책임지는 게 좋겠어. 그리고 이 사람들 이름과 주소도 받아두자고."

로드니가 불쑥 말했다.

"존 스미스와 메리 스미스입니다. 주소는 투팅 벡 하이스트리트."

어려 보이는 쪽이 험상궂게 웃었다.

"실명과 실제 주소요. 운전면허증 있죠? 신원을 확인할 수단이 필요합니다."

두 사람은 당혹스러운 침묵 속에서 신원을 확인당했다. 이후 남매는 정문까지 호송당했고 곧 등 뒤로 정문이 잠겼다. 두 사람은 흐트러진 매무새에 여기저기 더럽혀지고 벌겋게 달아오른 얼굴로 천국에서 쫓겨난 현대의 아담과 이브 같았다. 남매는 다시 자동차에 올라타 로드니가 시동을 걸 때까지 아무 말도 하지 않았다. 잠시 후 밀드레드가 말했다.

"아버지가 자백하고 문서로 남긴다면 저 두 사람이 나설 거야. 게다가 저들은 증거까지 갖고 있잖아."

로드니는 여동생이 명명백백한 사실을 군이 말로 하지 않았으면 좋겠다고 생각했다. 말해 봐야 도움이 될 일이 전혀 없었기 때문에 그는 입을 다물었다. 다만 그가 불쑥 가짜 이름을 댄 어리석은 행동에 대해 밀드레드가 전혀 공격하지 않을 정도로 기가 꺾여 있다는 사실이 감사할 따름이었다. 짧은 침묵 후에 밀드레드가 다시 말했다.

"메이트랜드 로지에 오빠가 연락해볼래, 아니면 내가 할까?"

도덕적이고 정돈이 잘된 세계에서였다면 밀크로프트 씨는 당연히 메이트랜드 로지가 실망스러운 곳이라고 생각했을 것이다. 음식은 소화가 안 되었고, 와인은 마실 수 없었으며, 직원들은 엄격하고, 동료 거주자들은 영 호감이 가지 않았고, 준장도 어쩌다 한 번씩 메도스위트 크로프트에 놀러 올 때보다 같은 지붕 밑에 살 때가 훨씬 불편했다. 유감스럽게도 사악함에 맞선 선의 승리 덕분에 메이트랜드 로지는 밀크로프트 씨의 희망에 기대 이상으로 부응했다. 그와 준장은 마지막 작별의 순간을 예감하기 전 앞으로 10년 정도는 너끈히 여기 살겠다고 의견을 모았다.

밀크로프트 씨는 특히 가장 신랄하게 굴 때 그를 '진짜배기'라고 여기는 직원들에게 인기가 높았다. 가끔 거주자들의 고통과 통증을 보살피는 풍만한 간호사 번팅과는 유난히 친하게 지냈다. 흠 하나 없이 풀을 먹인 파란색과 흰색 간호사 제복을 입고 간호사 모자를 썼을 때 번팅은 올곧은 전문가의 모범이었다. 그러나 근무 시간이 끝나면 번팅은 말 그대로 머리를 풀어 헤치고 밀크로프트 씨의 방에서 함께 독한 위스키를 마시며 수없이 아늑한 밤을 보냈다.

"당신, 가족한테 너무 심하게 굴어요, 오거스터스."

번팅이 가끔 나무랐다.

"방문도 허락하지 않고 편지도, 심지어 초콜릿 상자도 받지 않잖아요."

"초콜릿 상자는 특히 안 되지."

밀크로프트 씨가 말했다.

양로원에 들어온 지 3개월이 지난 늦은 8월의 어느 저녁, 밀크로프트 씨와 준장은 메이트랜드 로지의 아름다운 정원 너머로 저 멀리 반짝이는 강물까지 내다보이는 테라스에 나와 쿠션이 달린 안락한 고리버들 의자에 앉았다. 집사 배지가 식전 음료를 내왔고 두 사람은 주변의 평화를 만끽했다. 종종 그렇듯이 두 사람의 대화는 어쩌다가 이 행복한 결론을 성취할 수 있었던가에 대한 이야기로 흘러갔다. 준장이 말했다.

"난 아직도 자네 자식들이 자네 이야기를 곧이곧대로 덥석 믿었다는 게 놀랍네."

"나는 별로 안 놀라운걸? 사람은 원래 남들도 자기처럼 행동할 거라 믿기 마련이거든. 난 그 애들이 펜틀랜즈에 들를 거라고 믿어 의심치 않았네. 그보다 자연스러운 일이 어디 있겠나? 물론 자네 부하들이 아주 그럴듯하게 했을 거야. 아주 잔뜩 겁을 줬겠지. 나도 그 모습을 봤어야 했는데."

"흠."

준장이 느긋하게 말했다.

"그게 군인의 장점이지. 해결할 일이 생기면 썩 잘해낼 놈들을 두 명 정도는 찾아낼 수 있거든."

"그 약병에 뭘 넣어두었다던가?"

"자네도 알잖나. 베이킹 소다를 넣었지."

준장이 진토닉을 홀짝이고 밀크로프트 씨가 달지 않은 셰리주를 음미하는 동안 침묵이 흘렀다. 술의 온도는 그가 딱 좋아하는 정도였다. 밀크로프트 씨는 음료 쟁반에 있는 맛있는 견과류나 카나페 하나를 집어 먹어볼까, 그러면 저녁 입맛을 망치게 될까, 고민했다. 그때 준장이 말했다.

"늘 묻고 싶었던 게 있네. 물어도 되는지 확신이 서지는 않지만. 아무리 친구 사이라도 물어볼 수 없는 질문이 있지. 그래도 자연스러운 호기심이라는 게 있지 않나. 원치 않으면 대답하지 않아도 되네만, 자네가 형이 먼 길을 가는 데 정말로 도움을 주었는지 궁금하네."

"내가 정말로 형을 죽였느냐, 그 말인가?"

"너무 단도직입적으로 말하고 싶지는 않지만, 그렇다네. 물론 비소로 죽이지는 않았겠지. 비소는 비열한 자들이 쓰는 물건이니까. 그건 교외의 독살자들이나 빅토리아 시대 간통을 저지르는 사람들이나 사용하는 무기지. 아마 다른 방법을 썼겠지."

밀크로프트 씨는 그 문제를 곰곰이 생각해보는 것처럼 보였다.

"음, 나라면 꽤 단순한 방법을 썼을 거야. 예를 들면 비닐봉지가 있겠지. 피해자가 자고 있을 때 머리에 씌우고 코와 입 위를 단단히 누르면 잠든 아이처럼 순순히 가겠지. 아무도 눈치채지 못할 거야."

준장이 말했다.

"하지만 비닐봉지를 처리해야 하지 않나. 자네라면 어떻게 했겠나?"

"아."

밀크로프트 씨가 셰리주를 한 모금 더 홀짝이고 말했다.

"나라면 벼락 맞은 떡갈나무 줄기 틈으로 던져버렸을 거야."

그리고 친구의 얼굴을 흘낏 보며 말했다.

"농담이네, 친구. 농담이야. 그 신문이나 건네주게. 자네, 내일 2시 30분에 뭘 하고 싶다고 했지?"

〈끝〉

옮긴이 **이주혜**

저자와 독자 사이에서 치우침 없는 공정한 번역을 위해 노력하는 번역가이자, 창비신인소설상을 받은 소설가다. 《프랑스 아이처럼》, 《우리 죽은 자들이 깨어날 때》, 《여자에게 어울리지 않는 직업》, 《멜랑콜리의 묘약》 등 많은 책을 옮겼고, 소설 《자두》를 썼다.

더는 잠들지 못하리라

초판 1쇄 발행 2021년 8월 10일

지은이	P. D. 제임스
옮긴이	이주혜
펴낸이	박은주
편집장	최재천
기획	김아린
편집	최지혜, 설재인
디자인	김선예, 서예린, 오유진
마케팅	박동준
발행처	(주)아작
등록	2015년 9월 9일(제2021-000132호)
주소	04050 서울특별시 마포구 양화로 156
	LG팰리스빌딩 1428호
전화	02.324.3945-6 **팩스** 02.324.3947
이메일	decomma@gmail.com
홈페이지	www.arzak.co.kr
ISBN	979-11-6668-618-4 03840